飞扬

飞扬·青春校园记忆美文精选

萤火虫之约

省登宇 主编

国际文化出版公司
·北京·

图书在版编目(CIP)数据

萤火虫之约/省登宇主编. —北京：国际文化出版公司，2012.6(2024.5重印)
(飞扬•青春校园记忆美文精选)
ISBN 978-7-5125-0351-9

I. ①萤… II. ①省… III. ①散文集—中国—当代 ②短篇小说—小说集—中国—当代 IV. ①I217.1

中国版本图书馆CIP数据核字(2012)第065395号

飞扬•青春校园记忆美文精选•萤火虫之约

主　　编　省登宅
责任编辑　戴　婕
统筹监制　葛宏峰　李典泰
策划编辑　何亚娟　黄　威
美术编辑　刘洁羽　王振斌
出版发行　国际文化出版公司
经　　销　国文润华文化传媒(北京)有限责任公司
印　　刷　三河市同力彩印有限公司
开　　本　700毫米×1000毫米　16开
　　　　　10.5印张　138千字
版　　次　2012年6月第1版
　　　　　2024年5月第2次印刷
书　　号　ISBN 978-7-5125-0351-9
定　　价　39.80元

国际文化出版公司
北京市朝阳区东土城路乙9号　邮编：100013
总编室：(010) 64270995　传真：(010) 64270995
销售热线：(010) 64271187
传真：(010) 84271187-800
E-mail：icpc@95777.sina.net

第1章　及笄之年

及笄之年 ◎文/胡正隆 006
古董小姐的帽子 ◎文/王君心 019
如茶花般的时光 ◎文/苏艾曦 028
火蝴蝶 ◎文/边十三 044

第2章　季末温存

秘地百合 ◎文/王君心 066
季末温存 ◎文/边十三 074
你是我的创可贴 ◎文/胡正隆 079
孤岛 ◎文/苏艾曦 087
一月倾城 ◎文/张晗 096

第3章　梦中的鹿

少年斯坦之拉塞尔意面 ◎文/胡正隆 106
说谎的兔子 ◎文/黄佯谷 121
梦中的鹿 ◎文/王君心 130
末爱 ◎文/朱磊 138
萤火虫之约 ◎文/王君心 157

第 1 章

及笄之年

她不想再多看一眼，多看一眼，心中便多一份难舍。

因为，她知道，她再也不会回来了

及笄之年 ◎文/胡正隆

及笄之年（jí jī zhī nián）

[解释]笄：束发用的簪子。古时女子十五岁时许配的，当年就束发戴上簪子；未许配的，二十岁时束发戴上簪子。古代女子满十五岁结发，用笄贯之，称女子满十五岁为及笄。也指到了结婚的年龄，如“年已及笄”。

[出处]语出《礼记·内则》：“女子……十有五年而笄”。“笄”，谓结发而用笄贯之，表示已到出嫁的年岁。

一

辛欣选了一个靠近窗户的座位，坚定地坐了下去。这趟长途汽车大概要行驶七八个小时才能到达终点，辛欣晕车，于是选择坐在窗户旁边，也好打开窗户透透气，不至于让胸口感觉那么恶心。

这是她第一次乘坐长途汽车，她小心翼翼地将背包抱在怀里，不敢放在行李架上，害怕被偷，汽车发出“轰隆隆”的声音，没过多久，便发车了。

辛欣看见窗外熟悉的景色渐渐向后掠过，直至变得陌生，不由得闭上了眼睛，渐渐地睡去。

她不想再多看一眼，多看一眼，心中便多一份难舍。

因为，她知道，她再也不会回来了。

二

到达蚌城的时候，已是傍晚，辛欣揉了揉干涩的眼睛，背着书包下了车，找了一个公共电话给她的姑姑打电话，电话号码写在一张皱巴巴的纸上，辛欣慢慢地将它抚平，然后按照上面的数字拨通了号码。

二十分钟后，辛欣的姑姑从一辆出租车上走了下来。今天礼拜三，姑姑还在加班，不得不请假来接辛欣，即便这样，她还是一脸歉意地对辛欣说：

“不好意思啊，欣欣，姑姑来晚了。”

辛欣摇了摇头，说：“没事。”

姑姑摸了摸辛欣的头，将她前额的几根头发捋至耳后：“欣欣真乖，饿了吧，走，姑姑带你吃东西吧。”说着，顺手把辛欣肩上的背包接了过来，招手拦下一辆红色的出租车。

“想吃什么，肯德基还是麦当劳，或者你想吃中餐？”上车前，姑姑回头笑着问。

辛欣看着眼前热情的姑姑，心中不由地微微一暖，仿佛喝进一杯温暖香甜的草莓奶茶。上次见姑姑大概是多久以前的事情了，辛欣记不得了，她看着眼前这个棕栗色长发的中年女人想。

十分钟后，她们停在了市中心的一家肯德基门口，点了一堆的东西，鸡腿、鸡块、可乐、汉堡，满满当当地堆在桌子上。

“明天姑姑下班后再带你出来逛逛，置办一下你需要的衣服什么的，下个礼拜一，我们就去学校报到，怎么样？”

辛欣抬起头来，看了看姑姑。事实上，她没有任何异议，一切都是安排好的，有条不紊，没有什么不适与不妥。

也许是比想象中更顺利，辛欣有些不敢相信，她迟钝地用力点了点头，一脸的认真。

三

一切都进展得有条不紊。

礼拜一的时候，辛欣跟在班主任的后面，抱着一摞崭新的书本向班级走去。姑姑通过人脉关系，把辛欣送进了蚌城最好的中学。班主任看到辛欣档案袋里的成绩单，以及获奖证书。眼睛都笑得弯成了一条线。

这个学校每年都会有大批的学哥学姐们考到顶级学府，学校把他们的照片放大后贴在校门口，照片上面的他们戴着眼镜，微微有些发胖，拿着各自的录取通知书举在胸前。

不知道为什么，在外人眼里那么荣耀那么光辉的样子，在辛欣眼里看上去却有点可怜有点傻。

辛欣不自觉地笑了笑，跟紧了班主任的步伐，抬头看见远远的走廊尽头有一个人影，看上去好像在拨弄自己的头发。

现在是上课时间，那个人在干吗？辛欣想。

看到老师走过来，那个女生瞬间立正站好，像个木头一样钉在那里，班主任走过去，上下扫了两眼，用一种微妙的语调对那个女生说："林湘茵，数学老师又向我告你的状了，她布置的作业你又没交，明天把你的家长叫来一趟，不然你也不要来上学了。"

班主任回头看了看辛欣，可能觉得要在新同学面前保持一点形象，又补充到："好了，你先回去吧。哎，这位是我们班新转来的同学，叫做辛欣，正好你的座位旁边没人，就暂时坐在那里吧。"

然后班主任又转身把自己的口吻调到一个和蔼可亲的频率，对辛欣说:“你暂时就先坐在那里，等过两天，测验结束，老师就会按照班级的分数排名来调动位置的。好么?”

辛欣听得出来班主任话语里不容反对的意思，答应了。

林湘茵就是在如此狼狈的时候遇见了辛欣，辛欣也是在如此尴尬的情况下认识了林湘茵。

以前，辛欣就很喜欢拉小提琴，但是从来不在人前表演。每次放学或者课余时间,辛欣都带着自己的小提琴,去城市边缘的一个小树林,独自演奏。她置身于这样空旷无人的空间内，享受这种安静，通常当夜幕降临的时候，辛欣才停下演奏，把琴收好，装进箱子里，然后骑着自行车离开树林。

那时候的辛欣才十三岁，本该是个在父母身边撒娇的年龄。辛欣却每日这样往返于树林与城市之间。

或许,辛欣只想尽量地拖延时间,不想回家。多数时候,回到家中,面对的只有争吵的父母，以及满地摔碎的碗碟。

家庭离异的戏码在电视剧里、周围邻居的演绎、身边同学的窃窃私语或者道听途说中，已经是如同家常便饭一般毫无新意的事情了。辛欣眼睛看着耳朵听着，慢慢地，柔软的心就在泪水的浸泡中变得不再那么一触即发。

辛欣可以面无表情地越过满地的碎片，轻轻地对着拼得你死我活的父母说一句“我回来了”，然后走进自己的房间，“咔嚓”一声，毫无波澜地关上门，也合上了自己的心房。

或许上帝是公平的，他夺走了你的一份草莓奶昔，就会还给你一块巧克力蛋糕。

他以自己的喜好支配着你的失去与获得。

你没有办法选择，只是一味地接受。

情理之中，或者说是出乎所有人的意料之外。辛欣在全国的小提琴大赛中取得了少年组第一名。

辛欣拿到奖杯的时候，抬头看了看天空，她觉得，上帝真是一个调皮的人，这么喜欢开玩笑。以孤独与破碎为代价，她获得了这个让人眼红的荣耀。

同样让人眼红的，还有辛欣的成绩与美丽的外表。

每次收到来自学弟学哥写来的，所谓的情书，辛欣都会先收下，然后隔天用最委婉的姿态拒绝，不管这个男生是成绩优异还是混混一个，是被称为“校草”还是满脸迸发的青春痘。全部阵亡，无一幸免。

四

“哎……新新？还是什么的，不好意思，我刚才没听清你叫什么名字。”下课后，林湘茵主动搭起话来。

“我叫辛欣。”说着，辛欣随手拿出一册课本，翻开第一页，递给林湘茵，“喏，这上面就是我的名字。”

“辛欣……”林湘茵若有所思地想了想，然后像发现了一款超级美味的冰淇淋一般大叫起来。“啊！你叫辛欣？”

“嗯，怎么了？”辛欣被突如其来的叫声吓了一跳。

“你知道我叫什么吗？”林湘茵掩不住自己脸上的喜悦问。

“不知道。”

“我叫林湘茵啊！”林湘茵笑着说，“你看，你叫辛欣，我叫林湘茵。我的名字去掉姓，就是湘茵。知道了么？”

辛欣一脸茫然，心里不由地怀疑起来：这个人是神经病么？

“心心相印嘛！我们的名字加在一起就是心心相印嘛！”林湘茵又提高了声音的分贝，看到辛欣的反应那么迟钝，不由地嘲笑了一句“笨死了你！”

“辛欣……湘茵，心心相印？”辛欣重复了一遍，恍然大悟。

“嗯，对啊，是不是很巧，哈哈。”林湘茵又肆无忌惮地笑了起来，

辛欣微微地仰着头看着她，林湘茵逆着阳光，长长的头发随意地扎成一束利落的马尾，整个人的轮廓都被勾出了一层金色的光。

好美。辛欣心中微微一怔，这么想着。

“那么……以后就请多多指教了。”辛欣笑着说。

“哪里哪里，你太客气了。”林湘茵故作羞涩状。

然而，几天后的测验成绩公布之后，林湘茵大跌眼镜，她的确之前有听说这个新转来的辛欣同学学习优异，但是也不至于——在转到这个每年往各大学府输进各种优等生的省重点示范中学之后，竟然还轻描淡写地拿了全年级第十九名！？

“Oh，My God！”

林湘茵对着公告栏里的年级排名表发出一阵杀猪般的声音，随即想起几天前这个同桌还笑着对她说“请多多指教”，不由地用手扶了扶额头，顿时感觉心很累……

这到底是谁指教谁嘛！

回到班里，林湘茵看到辛欣坐在位子上塞着耳机听歌，长长的睫毛浓密得如同黑色的天鹅羽毛。林湘茵心里不由地埋怨起老天来：受不了，同样是女人，怎么受到的待遇相差那么多……

“辛欣，恭喜你考了年级第十九名啊。”林湘茵走过去说。

“你说什么？”辛欣拿掉耳机，“你刚才说什么，我没听见。”

“我说，恭喜你考了一个那么好的成绩。”林湘茵略带酸味地嘲讽：“真没看出来啊，你成绩那么好，真羡慕你。”

“哦，没什么，你不用太在意的。”辛欣低声回应。

“这下可好了，班主任一定会把你调到一个好位置的，你就不用和我坐一起喽。”

“哦，不用了。”

“你说什么？”

“班主任刚才找过我了，关于座位的事情，我说，我就坐在这里就好了。”辛欣认真地看着林湘茵，顿了顿说，“和你坐在一起。”

“怎……怎么可能？”

“怎么不可能，我和老师说，和你坐在一起，我还能方便给你补习功课，有利于提高你的成绩。”辛欣一本正经地说，“这是一举两得的事情，虽然班主任犹豫了一下。但是，我坚持了一下态度，她就答应了。”

“成绩好的人说什么老师都能答应。”

“那么……你现在就赶快把化学公式给我好好背出来，不然明天的化学测试，你又要不及格了。”

“啊啊啊！不要啊，唉，你干吗擅自为我做决定啊，莫名其妙啊。”

“因为……”辛欣顿了顿，轻轻地说：“因为我们是朋友啊。”

五

辛欣每天都会回到姑姑家中，但是姑姑常常因为加班而晚些回来，所以辛欣打开房门的时候，再也看不到毫无创意的争吵和满地的碎片，取而代之的是一片漆黑。辛欣眼前的黑暗会被开门时所露出的光线撕开一个口子，随着门越开越大，伤口也随之变得一发不可收拾，直至——

直至辛欣摸索着墙壁，揿下开关。

“啪。”

姑姑其实年龄不大，但是也快三十了，一直没有结婚。辛欣住在姑姑的房子里，有属于自己的房间，辛欣放下书包，捋起袖子便去淘米做饭，偶尔放学回来太晚或者太累了，就直接在外面吃完饭再回来。

当然，碰到姑姑休息的时候，姑姑也会在家做一顿丰盛的大餐或者带辛欣在外面大吃一顿。辛欣在学习方面从来不需要大人的操心，

姑姑也因此很放心，偶尔开家长会的时候，姑姑也会请假准时出席，被老师夸赞家庭教育有方。

姑姑对她说，“你妈妈打电话对我说，等她安顿好了，就来接你了。”

辛欣点了点头，心里却并没有太多的期望。

一天，林湘茵看到辛欣的课本里面夹着一本乐谱，才知道辛欣还会拉小提琴。

“你在哪里学的小提琴哦？”湘茵好奇地问。

“以前是一个学校的音乐老师教我的，后来就是我一个人对着乐谱在小树林里练习了。”辛欣看了一眼乐谱，随之又将视线转移到其他地方。

“小树林？”

“嗯，我以前居住的城市边缘，有一片小树林，我喜欢在那里。后来转到这里，就没有再拉琴了。”

“为什么啊？”

“因为我怕有人听到啊。”辛欣怯怯地回答道。

“干吗要怕？”林湘茵穷追不舍，继续追问着辛欣，以至于辛欣不由地面露难色。

“我也不知道，可我就是不喜欢被人家听见，我觉得这是我自己的事情，自己私密的事情。就像是写日记，只能自己看，也只写给自己看，是不能拿出来与别人分享的。嗯……我这么说，你理解么？”辛欣认真地想了想，对林湘茵说。

“嗯，我明白了，每个人都有最私密的事情啦，除了自己，别人是不能触碰的。这个我懂得。可是……”林湘茵一脸的遗憾，继续说“可是我好想听哦，唉，如果是我的话，你可以演奏给我一个人听么？”

“你想听？你想听我拉琴？”

“当然想听啦，而且，我相信，你拉琴一定很好听的。我说真的。”

“那，有机会的吧。”

次日的自修课。

“哎，湘茵，你多大了？”辛欣没头没脑地问了林湘茵这么一句。

“十五岁了，问这个干吗？”林湘茵转过头来，说道。

“十五岁了，也就是说今年你也是及笄之年。”辛欣若有所思地嘟囔着。

“叽叽之年？什么东西？”

“是及笄之年。古时候的女孩子如果十五岁被许配给男子，就能在头发上插上簪子，如果没有许配给人家的，就要等到二十岁。及笄之年也表示女孩子长大了，可以结婚了。”

“哎呦喂，你想结婚想疯了。”林湘茵嬉笑道。

“才不是呢，我只是在书上看到的，随口这么一说。”辛欣解释道。

“快招了吧，你看上谁了？”林湘茵不依不饶。

“哎，我看上你了行不行。”

“切，少来，我还没可怜到没人疼爱以至于要你来收养我的地步吧！”

“怎么，不愿意啊。”这回，轮到辛欣反击，还是漂亮的一记。

“哎，哪敢哦。我的大小姐。我的人还不早就是你的了。”

“知道就好。”辛欣的脸上露出了满意的笑容。

林湘茵突然把话锋一转，故作神秘地说：“哎，放学后带你去个地方吧。”

“什么地方？”

“你去了就知道了。”林湘茵调皮地笑了，吊足了辛欣的胃口。

放学后，林湘茵骑着自行车载着辛欣，向着日落的地方驶去，林湘茵骑得很快，风将她的头发像海浪一样吹起来，辛欣害怕地抱紧了林湘茵的腰。

“哎，你慢点啊！”

“不要，我觉得还不够快！”说着，林湘茵加快了蹬自行车的速度。

“这么快干吗？”辛欣有点害怕，又有点生气地问道。

林湘茵张大嘴巴，用尽全身的力气大喊。

“因为，我——要——飞！”

风中是她的声音，年轻，直白，无所畏忌地划破夏日的炙热，留在了时光里。

“我们到了。辛欣。”

这是夏末的时光，橘红的夕阳像一个七分熟的糖心蛋黄一样，已经缓缓地滞在天边。周围的云也浸染成暖暖的颜色，每一缕温柔都印进她们的瞳孔里面，风迎面拂来，吹散了辛欣脸上一丝炙热的暑意。不远处流淌着一条清澈小河，湖面轻轻泛起涟漪，如同脱水的苹果表面褶起的皱纹。辛欣和林湘茵就这么并排站着，彼此不言不语。

“你看，这是我最喜欢的地方，我经常来这里游泳的哦。你也别小看我了，我可是一个游泳好手呢。”林湘茵不由地炫耀起来，“还有，你看那里，以后你可以在那里拉小提琴……

咦？辛欣，你怎么了？怎么哭了？”

不知什么时候，辛欣满脸尽是泪水，眼泪如同河水一般无声无息地在她的脸上滑过。林湘茵不知所措，急得微微红了脸。

下一秒，辛欣紧紧抱住了林湘茵，终于，失声痛哭起来。

六

自从发现这个“秘密基地”，林湘茵和辛欣闲暇时间总要过来这里，林湘茵也如愿以偿，听到了辛欣的演奏，而后，辛欣在岸边的一棵榕树下拉小提琴，林湘茵就在水里自由泳。有几次林湘茵想怂恿辛欣下水，辛欣不愿意，林湘茵也没有勉强，一头扎进水里，过了好久，又在另外一边冒出头来。

转眼间，已是十月，秋意如同墨水慢慢地弥漫开来。有时，辛欣来河边拉琴的时候，还要带上一件外套，林湘茵也备上一条浴巾，在上岸的时候，擦拭身上的水，以防受寒。

这天，当辛欣在演奏《亚麻色头发的少女》的时候，突兀地听见一声“救命”。回头望去，看到河中央的林湘茵举起右手来回地摆动，忽沉忽浮。

难道是因为水太冷了，腿抽筋了？辛欣心中滑过一阵不祥的预感，不敢再想象了。

“救命啊，辛欣——”林湘茵挣扎着求救。

辛欣心里一阵恐慌，一咬牙，急忙脱掉鞋子，就向水里跑去，没过多久，河水便漫过了辛欣的脖子，在她的嘴巴周围徘徊，辛欣不知所措地划动着胳膊，笨拙地用力蹬着双腿，试图向河中央游去，却被呛了几口河水。辛欣忍不住咳嗽起来。

就在此时此刻，她已经听不到林湘茵的任何声音了。

“湘茵！湘茵！林——湘——茵！”辛欣奋力大喊，她向河中央呼喊着林湘茵的名字，一遍一遍地喊着，慢慢地，她的呼喊声变得有些沙哑，听起来像是在哭。而辛欣的脸上都湿了，不知道是溅到了河水还是什么。

“哎，笨蛋！你喊我干吗，我在这呢。”

辛欣闻声回头一看，林湘茵竟已站在岸边了，她一手掐着腰，一手指着辛欣狼狈的模样大笑道：“哈哈哈哈，你这个笨蛋，看你那个样子，还真以为我溺水啦！我逗你玩的啦，瞧你的傻样！哈哈……”

辛欣依旧待在水里，有些刺骨的河水包围着她瘦弱的身躯，她是那么瘦，肩胛骨那么突出，那么明显。辛欣的脸上全是水，湿漉漉的。

辛欣的肩膀抖了抖，说:“为什么……为什么连你也要骗我，为什么连你也要抛下我，为什么?”

河水那么凉，辛欣的头发那么湿，湿漉漉的头发乖乖地服贴在她的皮肤上，看上去如同海藻一般漆黑。

“为什么你要骗我，林湘茵?为什么连你也要骗我!骗我很好玩么?你知不知道我有多在乎你，你知不知道我有多担心你!”辛欣突然大声冲林湘茵吼道。

林湘茵被突如其来的局面吓到了，她只是想开个玩笑，没想到会弄成这样，她离开岸边跳进河里，一步步走到辛欣的身边，解释说:“对不起，对不起，辛欣，对不起，我不是故意的，我只是想和你开个玩笑，我不是有意的，我不是要骗你，相信我，真的不是你想的那样。”

林湘茵抱住了辛欣柔弱的身体，辛欣在她的怀里孱弱得如同一块薄冰。她听到辛欣在耳边断断续续的声音“我以为……我以为你要死了”。

“傻子，我哪那么容易死。我都说了，我的人早就是你的了，哪怕死了，都是你的。”林湘茵安慰道。

“可是……我是那么喜欢你，你知不知道。”辛欣低声说。

七

时光仿佛停止了，没有发出声音，河流也仿佛冻结了，不再泛着涟漪。

两个少女，被置在了这里，仿佛与河流一起，与年岁一起留在这里。

只有那一句轻若丝絮的低语永久地存在着，不会老去。

“我是那么喜欢你，你知不知道……”

胡正隆,朋友善称小隆,善变。善交友。近视。小眼睛，单眼皮，牙齿整齐。钟爱柠檬。迷恋手指在书页上滑动的触感。(获第十一届新概念作文大赛二等奖，第十四届新概念作文大赛一等奖)

古董小姐的帽子

◎文/王君心

一 古董小姐遇见爽朗先生

古董小姐怎么也没有想到，从心里出走的东西还会回到身边，甚至一本正经地和自己做起了交易。

古董小姐的本名当然不是古董，但这个外号自小学起就牢牢黏着她，虽然不痛不痒，不软不硬，但其耀眼的光芒完完全全掩盖住了平凡无奇的本名。古董小姐自己是不太在意，而且和别人理论就超出“古董”的范围了呀。

古董小姐还在念高中，成绩是再理想不过了的，街坊邻居的大妈大婶们见了她都少不得责怨自家孩子，她的照片也完全可以贴在校门口，配着“模范学生形象”字样，提醒那些特立独行的学生。虽然那张图已经被人画花了。

从某种意义上说，古董小姐还是很出挑的。短发，最标致不过了的学生头，平刘海，好学生的蓝框眼镜，厚墩墩的镜片完全挡住了好看的眼睛，显得一片灰蒙蒙，脸颊上散落着棕色的雀斑，小鼻子，小嘴巴，不会上扬也不会撅着。从来都只穿身校服，瘦瘦的身子在蓝白色的运动服里显得有些营养不良。整个人就像朵蘑菇，迟迟钝钝的。

老师只说难得，难得，现在还有多少女生打扮得这样朴素啊。

古董小姐没有朋友，一个也没有，她自然也不在意这个。见过那些檀木柜子上的古董花瓶吗？蒙着点灰，却丝毫掩不住清淡雅致的姿态，那是含蓄，是矜持，是宝刀出鞘前的不露锋芒。古董小姐的小学教师妈妈听过她的外号后，心安理得地想："古董"到底只和"古典"差一个字，女孩子的气质就要这样养成。

可是众人哪里知道古董花瓶就只想待在檀木柜子上呢？周末结束补习班的课，古董小姐去最近的站点搭公交，途中经过一家新开的帽子店，干净利落的装潢闪闪发亮，橱窗里一顶白色的帽子没来由地挑亮了她的眼。

白色的，温顺的，像一只猫，落进古董小姐的眼睛里，再也挥不去了。

她跺了跺脚，似乎在惊讶自己为何要这么做，可是更令她吃惊的是，自己居然跺了跺脚，推开锃亮的玻璃门，走进店里。

"欢迎光临。"老板是个比古董小姐大不了多少的女生，店里就她一人忙碌着，来回应对客人，一点也不慌张。

古董小姐很小心地望了望店里，她担心遇见熟人。确认完毕后，她才小心地指了指橱窗上的白色帽子，用很细的嗓子说："那顶帽子……能给我看一看吗？"

"当然。"老板直接把白色帽子从橱窗里取了下来，温柔地拍一拍递给她。

古董小姐迟疑着戴上帽子，又迟疑着摘掉眼镜，听到老板说着"很好看"，感觉那声音飘在云边。

"苏璟？"有人叫了一声。

古董小姐手忙脚乱地戴上眼镜，也没忘了摘掉帽子藏到身后。她这才看清叫她本名的人。是初中的后桌，一个本来就极少叫她外号的男生。

"陈潜？"谢天谢地，她还记得他的名字。

其实怎么会忘呢，当时他在年级里可是赫赫有名的"爽朗先生"，

因为他笑起来很干净，很纯粹，对谁都好，却同样是非分明，学习成绩出众，体育优秀，在与男生打得火热的同时，女生中的人缘也异常的好。于是他和古董小姐就不可避免地成了两个极端，少不得放在一起讨论，古董小姐自然是作为反面衬托。

“真是你。”对方的语气很高兴，“你来这儿挑帽子吗？真少见啊。”

“嗯……”古董小姐拽着身后的帽子。

“刚才那顶我觉得挺好看的。”爽朗先生说。这时他的一个同伴来叫他了。

“那我先走了。”他说，冲古董小姐挥挥手，推开玻璃门。

古董小姐把白色帽子买下来了，有点莫名其妙的，她强迫自己相信不是因为陈潜的那句话，而是因为自己的确很喜欢它，戴起它来很好看。

她小心地揣着帽子，去站台等公交。就在这段空格里，古董小姐怎么也想不到的事发生了。

二 自由先生的魔法

“苏璟小姐。”一个陌生的声音叫她。

古董小姐疑惑地转过身，惊讶地看到一个年轻的男子，身着黑色西装，笑容满面地盯着她的眼睛。

“你好。我认识你吗？”古董小姐问。

“那就先来个自我介绍好了。”男子冲她微微一点头，“我是你心底的自由。你一点也没发现吗？几年前我从你的心里逃出来，去外边的世界闯荡了一番。现在我赚够了钱，回来了。”

“自由？”

“对，对。”自由先生满意地扬扬眉毛，“你想起来了吗？”

“……你赚够了钱，回来做什么？”古董小姐不知该说些什么。

自由先生忽然一脸的严肃，他整了整西装，说：“回来……买你的心。”

“我的心？为什么？”古董小姐有些语无伦次，“什么意思？你在开玩笑吗？”

“不是玩笑。”自由先生继续说，“你没有发现我的离开，就说明你不太在意你的心，她对你其实没什么意义吧，古董小姐？”

古董小姐惊讶地听到这个陌生人吐出她的外号。

“在你很小的时候，你就再没注意过你的心。只有我一直知道，她是个不可多得的宝物，所以我离开你，赚够了钱，回来买你的心。”

“不卖！”古董小姐干脆地丢下一句话，转身要离开。

“你再好好想想，你的心对你一点用处也没有。你不在乎他人的看法，你一直是老师父母眼里的模范学生，你一直规规矩矩，按部就班，这些没有心一样能做到。可是她对我而言却很重要。您开个价吧，我可以让你成为富翁。”

“一亿元。”古董小姐急着想甩开这个人。

谁知自由先生却高兴得手舞足蹈起来：“那么说定了。才一亿元就买回了心，我……”

“等一下，我还是不卖！”古董小姐着急了，“你为什么就这么想得到我的心？她究竟是什么宝物？”

“你要看一看吗？”

“好。”

对方的声音温和了：“先和你说一说吧。人们的思维，各种奇奇怪怪的想法，都由心赋予了可能；眼里的色彩，鼻尖的香气，和嘴里的滋味，正因为有了心，才能感觉到……当然，如果你把心卖给我，你也不用担心失去这些，只要开了这扇门，就不会再关上了。”自由先生补上一句，“我可以让你看看心更奇妙的地方。”

古董小姐注视着自由先生手里一挥，变出一根细棍子，在她的额头上点了一下，棍子居然缠上了一大朵白色的云一样的东西。

“给你。棉花糖。”自由先生把棍子递给她，“尝尝看吧。你的想法做的。”

古董小姐小心地咬了一片，丝状的甜蜜化为了糖粒。她说："不太甜。"

"因为少了自由嘛。"自由先生点着头，又帮她夹上一枚发卡，"来，想想看快乐的事情。"

古董小姐乖乖地吃着棉花糖，想着令她高兴的事，不知怎么的总是想起刚才帽子店里陈潜叫她的本名，同学间会这样叫她的人很少了吧。

嗒，嗒，嗒。有什么东西掉到了地上。

是红色的樱桃一样的果实，很讨人喜欢。古董小姐蹲下身捡起一颗："这是什么？"

"都是你脑子里的事物，想象结出果实了。这是世界上最让人喜欢的东西。收藏起来吧，要不然贪吃的鸟儿会跟来。"

自由先生的话还没说完，一群鸟儿就从四面聚集过来，啄食这红扑扑的果实。

"好厉害。"古董小姐说，双颊因为激动而烫得扑红。

"这么漂亮的帽子，为什么不戴上？"表演了两个节目的自由先生转而盯住了古董小姐怀里的帽子，把它拉到手中打量着，"怎么一点回忆也没有？还没戴过吧？"说完他轻轻地把帽子扣到古董小姐头上。

"用你的心随便创造一个地方，我们去转一转吧。"

"怎么做？"

"闭起眼睛，用力感觉心的那个地方，身子会慢慢地往下沉。直接掉下去就好咯。"

古董小姐认真地闭起眼，把所有的感觉集中到心跳开始的地方，一下一下，她太专注了，她不知道从自己的脚边，一片天空扩散开来，她突然跌了下去。

三 藏在心底的世界

古董小姐害怕地闭上眼睛，可当她鼓起勇气睁开眼睛时，才发现自己骑在一只鹿背上，手臂紧紧地环着鹿的脖子，美丽的鹿角就在她头顶上。鹿在奔跑，动作轻盈敏捷，所以古董小姐感觉很安稳。

“自由先生，这是哪里？”她大声问，可是没有人回答她。

四周满是黄色的花，烫着金色，只是花，大片的花瓣像阔摆舞裙一样，没有叶和茎，层层叠叠的花簇拥在一起，像一场风暴那般。

鹿就在层层叠叠的花间奔跑着，不远的一个拐角处，它忽然停下来了。

古董小姐看到男生陈潜站在那儿，看着她，一脸吃惊的表情。

“苏璟，你知道这是哪里吗？”他问。

古董小姐摇摇头，从鹿的背上跳下来，这时她的动作真和“古董”擦不上一点关系了。

“你怎么也在这里？”她问。

“不知道，刚才和你告别后没走几步，就被带到这里来了。”爽朗先生耸耸肩，忽然眼睛一亮，“这顶帽子，你买下来了？”

古董小姐这才想起自己还戴着那顶帽子，却没想到为什么在鹿背上时帽子没有掉。

“嗯。买下来了。”她说，这次不着急摘掉帽子了。

“挺好看的。”陈潜忽然笑起来，“这是我第一次和传说中的‘古董小姐’说话超过 5 句吧……”

“啊？”

“以前你的话很少，我原以为你是讨厌和我说话的。”

“没有啊。”古董小姐急着解释。“是你太优秀，我接触不得的……”后一句话只在心里停留片刻，还是没有说出口。

就在这时候，他们身后的花丛倏地传来沙沙的响声，好像有什么东西靠近了。

“快点！”古董小姐拉了陈潜一把。鹿顺从地跪下前腿，让两个人坐稳了，才飞快地跑起来。

古董小姐坐在前边，她和陈潜一样忍不住往后看。原来就是那些

花儿，像海上的泡沫一般袭来。鹿跑得很快，可那些花的距离却越来越近了，越来越近，最后“哗啦”一声，两个人还是被柔软的花的泡沫淹没了。

睁开眼睛时，重又置身于喧闹的街道旁，心情像长梦醒来后的无措，阳光亮得咣当响。古董小姐依然站在等公交的站台上，而陈潜还在她身边。

“刚刚的一切是不是真的？”他喘着气问。

“不知道。”古董小姐同样心有余悸。他们相互对视着哈哈一笑，互相道了别。

公交上，自由先生又出现了。

“怎么样？看到什么有意思的东西了吗？”他问。

古董小姐扁扁嘴巴：“你到哪去了？为什么陈潜也在那儿？”

“刚才你心里想的就是他，所以他在那儿。”自由先生伸了伸懒腰，“好了。现在开个价吧，把你的心卖给我，任多少钱我都出得起。放弃一个你不需要的东西，享尽一切荣华富贵，对你而言绝对有利无弊。”

“让我想想。”古董小姐说。

四 兜在帽子里的回忆

这么一想，就是一个月。

这个月过得可不太平，古董小姐的成绩猛地一刹车，几乎把她妈妈的心脏病逼出来。学校门口的“模范学生形象”也撤掉了。遇到自由先生后，原本紧紧握在手中的东西都仿佛急着抽身躲开。

“怎么回事？”大妈大婶们议论着。

“怎么回事？”学校老师也说。

“怎么回事？”妈妈就站在古董小姐面前，气势比他人更胜一筹，因为她掌握了一线证据，她的一个同事称在公交站台上看到古董小姐和一个男生谈笑风生。

“他是谁？”妈妈再一次拔高了声调，古董小姐觉得有根针刺进了她的耳朵里。

“初中同学。”她一字一顿地回答。

“小璟啊，妈妈知道你从来没犯过什么错，妈妈也知道你一直都很懂事，都很听话，顺顺利利到现在不要因为一时想不开而翻船啊……我跟你说，这些歪脑筋可千万动不得……”

这些声调高亢的句子断断续续地截在古董小姐的脑袋里，她听不进这些声音，但她知道自己不能和妈妈翻脸。她很委屈地想，一次考试失手为什么会引来这么多的声音，她和陈潜不过是说了几句话，为什么会遭来这样严厉的训斥……最后，问题回到最关键的地方，要不要把心卖掉。

如果把心卖掉，她就能拥有挥霍不尽的钱财，不用为其他事分神，他人的议论和妈妈的训斥也会消失无踪。但是……这样的话，是不是会失去更重要的东西……？这是古董小姐十几年来第一次发了愁，原以为一切都按父母的要求做，就什么麻烦也没有。但生活终究不是这么容易的事。

周末下午，爽朗先生打了个电话来，妈妈难得放松警惕，出去了。电话是古董小姐接的。

“初中同学聚会，你也来吧。”陈潜在另一头说。

古董小姐心里一惊，以前这种活动从没有人会叫她的。

“好……”神使鬼差地，她答应了。

“那现在就来吧，初中校门口，等你。”陈潜挂断了电话。

一定要去。古董小姐想，可是走到门边，她又迟疑了，仿佛她一走出去，就再也不能回头了，一条路就只能这么走，她担心后悔，因为她害怕后悔。

她在房间里来来回回地走，那顶白色的帽子像一只温顺的猫，立在角落里，古董小姐的目光和它相遇了。她小心地将帽子拾起戴上，那天在站台上遇见自由先生的回忆，一股脑儿地从帽子里淌了出来，

浇得她一头一身。

她想起那天骑着鹿的快感，那股令她着迷不已的气氛。古董小姐这才发现，不管她按父母的意愿做得多出色，她的打扮多文静，她的表情和动作多规矩，还是无法掩饰她对自由的迷恋和喜欢。

“对不起，我不能把心卖给你。”苏璟喃喃道，她向下拉了拉帽檐，打开门跑出去。

“我回来了。”没有人听见，自由先生欢快的声音从她心底传来，像冒出水面的一串水泡，很快便隐匿了。

王君心，1994年出生，一个真诚开朗的女生，喜欢阅读，喜欢书法，喜欢交友。从小学五年级开始写作，从2007年开始至今已陆续在《福州日报》《少年文艺》《少年文艺·写作版》等发表二十多篇作文、童话。（获第十四届新概念作文大赛一等奖）

如茶花般的时光

◎文/苏艾曦

一

晚自习过后，同寝的女生洗漱完毕后都像约好似地围坐在一起胡侃。千和捧着书本蹲在角落里温书，从地摊淘来的廉价的急救灯那弱而不稳的灯光使得千和皱眉。

睡在临床的净瞳轻推千和说，“喂，你很扫兴，大家都在聊天就你一人在看书。”随即又从背包里取出一听罐装果汁递给千和说：“喂，喝不喝？”

易拉罐已经放进千和的手里，亦就是问句已变成感叹句，不喝也得喝。想到这里千和淡淡地笑了笑说，“马上要考试了嘛。我功课又不是特别好。”

净瞳瞪大了眼睛说：“这样还不好？难道你要考全校第一？”净瞳呼啦啦从装废纸的抽屉里找出千和丢掉的成绩单，很夸张地铺开给大家展示着。

轻薄的成绩单上光荣地写着全班第二名，单科成绩均列前三名。

净瞳深吸一口气叹息说：“唉，好学生就是好学生，这样让人羡慕的成绩都不满足。都快考试了，我都没心思复习，看到大家都在聊天，我哪里忍得住嘛。列了好多考前复习计划，一个个都被现实打垮了。”

安琪也接过净瞳的果汁说：“你呀，不要再打扰我们

的宿花学习了，这可是我们宿舍的宝。长的美学习又棒，你以为都和你一样没救，啧啧。”安琪一脸鄙夷的模样。

“可是我觉得女孩子嘛，早晚都是要出嫁的，学习那么好干吗，都是有人养的嘛。”净瞳歪着头，嘟着嘴说。

千和只是轻轻摇头，继续沉浸在题海里。

“喂，你们知道吗？隔壁班的班草，不，是校草伊燃和隔壁末班某某恋爱了耶。”

“是谁啊？别说某某啊，到底是谁啊？是校草的新闻本来就够爆料了，是末班的那简直是劲爆啊！”

正在喝果汁的千和忽然怔住，按理说，眼里只有学习的千和是不会为某某校草和某某校花的八卦新闻动容的。

“你小声点，不要打扰千和学习。”净瞳立即挥出拳头说。

其实她并不是怕影响千和学习。大家都知道，风靡全校的伊燃曾经和学习与长相并存的千和恋爱过，净瞳是怕这个消息影响千和的心情。

是怎样开始的没有人知道，只是有人在阴暗的楼道里看到伊燃低头亲吻千和的样子。消息如疾风般传播开来，所有的人都为这一消息震惊。震惊的不是如冰峰般孤傲的伊燃有了交往对象，而是一直把学习当成交往对象的千和居然和伊燃在一起了。这无疑是一场完美的恋爱，女孩学习良好长相极佳，男孩更是有着温润如水长相以及性格。一起接温水，一起放学后坐在楼梯上看对面的行人，一起逃课打游戏，一起……可就在一年后，在大家都很看好二人的时候，却是各自形同陌路。

二

千和遇见陌南那天，校园的栀子花破碎了一地。

本想着要多念会儿书的千和没有及时赶到餐厅打饭。等到千和来到餐厅时，穿着白衣的盛饭的厨师朝她摆摆手。饿得前胸贴后背的千和无奈地站在那里，要出去已经来不及了，饭馆离学校太远了。还不如回寝室问问姐妹们有没有泡面什么的比较实际，唉。

寝室里空无一人，千和蹲在地上捂着肚子。

“千和你怎么了，你怎么蹲在这里？胃痛吗？”

千和转过头，是净瞳茫然地看着自己。

“嗯，有点。没饭吃了。你有泡面吗？”

“没有啊，怎么办？你怎么不告诉我让我帮你打份饭呢？”净瞳着急地将千和扶起。

“……”

净瞳思忖了一会儿，说：“你跟我来。”

“去哪里？”

“你跟我来就好了……”净瞳欢愉地抓起千和的手就朝向教学楼跑去。

彼时的陌南是一个清爽的男孩子。剪着细碎的刘海打在眼前，穿着格子衬衫，走在学校的每个角落里晃悠，生怕别人不知道他正在高调地追着一个又一个情窦初开的女孩。为此连吃饭的时间都省下买各种各样的花。

陌南转身踏进班级的那一秒，看到正在吃麻辣粉的千和。

班里空无一人，千和感觉到有人的气息，便抬起头来。男孩怔在那里说：“你……”

“你找谁？”千和对着陌生的面孔说。

“你吃的什么？”

“麻辣粉啊，怎么了？”对于一个不认识的男生问出这样的问题，千和一头雾水。

“美女，那是我买的……”陌南指了指千和手里捧着的麻辣粉，满脸无奈地看着她。

“对不起，我不知道，我同学给我吃我就吃了……”原来是净瞳出教室时，看到自己桌子上多了一份麻辣粉，还以为是同桌买的没有吃，就带千和来吃。谁知道却是陌南追同桌没时间吃饭，便从校外带了一份麻辣粉回来。刚走出去接温水回来，就看到不认识的女孩吃着自己的麻辣粉。

尴尬的千和不知所措地站在那里，脸上泛着红晕。

“我把它还给你吧，”刚说完，千和突然发现好像不对，便将刚推出去的麻辣粉又推了回来，“我给你钱吧。”

像是小孩子犯了错般迅速从口袋里翻了又翻，突然发现钱还在寝室里。

“对不起啊，我的钱，好像没带在身上。”

千和觉得不好意思，被一个男生盯着，那男生还在轻声嘲笑自己。

男生伸出手，千和茫然地看着他的手伸过来，展开，手心里是一张面巾纸。千和看着他，说不出话来。她看着他探着身子向自己这边前屈，一只手扶着千和的肩膀，一只手将面巾纸在脸上一掠。

陌南将手中的面巾纸展开，示意给千和看。她看到纸巾上渲染开的辣椒红油。

三

时光是与所有故事平行的。伊燃的离开就像风般有方向有感触有微凉。如果说爱是一种无法形容的事物，那么为什么感觉和触觉听觉却能表现出来呢？伊燃轻柔地抚摸自己的发；伊燃宽厚的手掌牵着自己的手；伊燃讲各种关于爱与被爱的故事。伊燃喜欢的，伊燃说过的，伊燃在意的，是多么清晰可见。不是说他有了新女友，自己就可以像他一样开始着自己的开始。

分手后，伊燃曾发简讯给自己，大致说有困难可以找他。到底是怎样的理由使得伊燃可以开口说离开。千和不知道，说这些的时候是否会有同样的晕眩感呢。

习惯就像一个迷宫，永远走不出。

那是一个夏末的清晨，蝉鸣得不再那么细密有致，空气里有了些许凉意。

净瞳推开寝室的木门，看到一堆衣物摊在千和的床上，各种生活物品排在了千和的床边。从卫生间里千和提出刚刚清洗的温水瓶，发已潮湿了贴在脸上。

“千和，你要走了么？”净瞳一阵茫然。

“唔，那倒不是，马上就毕业了，换不换学校都一样。”千和将温水瓶轻轻放下说：“只是不想住寝了，为了高考我需要净心学习，喏，在学校不远处租了个房子。”千和走到窗前，指给净瞳看。

“哦，”净瞳沉默了一会说：“是因为伊燃么？”说出这句话的下一秒，女生突然发现说错了话，便忙着摆手说：“不是，这样也好啦，在寝室大家都忙着聊天，只有你学习咯，这样也好，会安静一点。”

“……”

“那需要我帮忙吗？”

“嗯，可以把那个包递给我吗？”千和指了指净瞳身后，平静地说。

四

这是一个有些旧的公寓，但足够干净。物业做得很好，清洁工每天都会进来打扫，地很干净，还会喷些茉莉花味道的喷雾。每天上学放学千和走过每个角落，都有清新美好的气息。至少没有那么多浓重的味道。

窗帘拉起来，晨曦的光暖暖地铺满整个房间。

除去学习的时间，千和总会站在落地窗前发呆。如果没有后来的事情，也许千和就这么生活下去了。当时的千和已经把所有可以想得到的关于伊燃的事情都想到了。分手的理由，分手后伊燃的生活，当然还有，伊燃的新女友。千和曾试图问伊燃的新女友是谁，净瞳曾也提到过，但当净瞳说出口的时候，千和突然地话锋一转，说到了别处。净瞳与千和的默契无需言说，也就不再提伊燃的事情。

并不是不想知道，而是怕知道后会忍不住想要了解那个女生与伊燃的关系，从而注意到一些令自己心痛的片段。

想得累了，千和躺在床上，将头埋进棉被里，吸着一股又一股的棉絮气息然后沉睡了。

在沉睡与清醒的暧昧之间，千和听到了门外许多人涌动的声音。千和睡不着，便起身去看个究竟。

千和走到门房前，看到一个男生背对着自己，不修边幅的白衬衫，袖子松松地卷到肘关节上。

“把那个钢琴放到那边，不对，是那边。”声音如美瓷落地般清晰，男生指挥着搬家公司的员工。穿着制服的员工源源不断地将家具抬进去。一件件极品红木桌柜和高端电器与这简陋的公寓是如此格格不入，千和好奇，走近一看原来是那天那个男生。

是那天那个因为吃了对方的麻辣粉而一直看着自己的男生。千和想说什么，突然噤了声，也许是某些尴尬的气氛阻挡了自己。

“哟，真巧，我们是邻居了呢。”男生看了千和一眼先开了口。

“你怎么会在这里？”千和有些疑惑地看着他。

“啊哈，那你呢？”男生笑着问，然后转身继续指挥员工。

千和看着忙碌的男生，想等着结束了再问，没有说下去。

搬运中，一条刻有精致的小熊图案的水晶项链掉在她身旁。千和弯下腰将项链拾起，向他挑眉而轻哼了一声示意她捡起了他掉落的东西。

陌南接过，只字不言。

真是个不懂礼貌的家伙啊。千和下意识地白了陌南一眼，不想却被陌南看见。陌南瞬时想到了千和这样做的原因，站在自己的斜对面看着她，轻笑了两声。

被一个男生盯着看了那么久后，千和脸上泛起了红晕。

“你……你怎么总是盯着我看？”

“因为你好看啊，我喜欢你。”男生用轻佻的语气说出这些字句。

千和被这突兀的表白弄得头昏脑胀，竟是气得说不出话来，便转移话题问：“那，那你为什么要搬到这里来？”

“因为我喜欢你啊。”

“……”

千和彻底无语了，气倒是消了，却开始不知所措起来。被这个不正经的男生打败后，沉默了一会儿便回到自己的屋子，这尴尬使得千和无言以对。

五

进入高三那一年的夏天炎热到如此嚣张。

每天都涂抹奶奶带给自己的清凉油，补课的间隙喝学校门口地摊上廉价的玻璃汽水。下课后，千和将裤腿翻卷到膝盖背着书包回家。肚子里的凉气在肆意地翻滚，等走到家门口时，千和的胃已近崩溃，几乎难以站立。

她拍拍了邻居陌南的门，拍了几下没有人应答，千和就没有继续下去，因为她担心二人之间的尴尬又起。

千和想，打电话给净瞳，便迅速从包里倒出手机，却失望地看到昨天才买的新手机，通讯录里空荡荡的没有任何人的名字。能背下的号码除了远在外地的父母的，就是伊燃的。

疼痛如藤蔓般纠缠着自己。

千和蹲坐在门口，默声地哭了，不仅仅是因为疼。

他说过，有需要帮助的地方还可以找他。千和思及至此，无奈拨通了他的号码。

“千和？”伊燃有些惊讶地说。

“嗯。”千和握紧了手机，生怕伊燃听到自己落泪的声音。

“有事吗？”

“我……我胃疼，你能帮我买瓶药吗？”千和小心翼翼地说。

十分钟后，伊燃将药分好类放进千和的手里，打开一瓶刚从学校接的热水递给千和。水太热，需要放掉些许热气才能喝，趁着间隙，伊燃坐在千和旁说话。

千和听过一首歌。

大致是讲，如果见面，我们不会提起从前，只是寒暄，对你说一句好久不见。伊燃坐在自己的身旁，不自由地空出了些许距离。伊燃大抵是有些许愧疚，话里温柔的语气将千和的心紧紧地裹起。不提起过去，亦没有曾有的感情。谈话的间隙千和偷瞥了男生好几眼，她以为他还会和以前一样像现在一样偷瞥自己，却发现那已经成为过去。

千和咽了一口温水，打断伊燃说：“谢谢你。”

伊燃轻声微笑，心疼地揉她的发，“没关系，你没事就好。”说罢，便起身说：“既然你好了许多，那我先走了，有事打电话。”伊燃晃了晃手机。

“嗯。”千和点点头。本想说些什么，可面对伊燃的背影，竟说不出话来。

“他不是你的男友吧。”昏暗静寂的楼道里，陌南不知何时出现在身后。浑厚的声音带亮了他们所在的这一层楼道。

千和没有扭头看她，只是一如既往地沉默着，一动不动像一尊塑像。

暗夜里，微暑的气息似是弱了一些。楼道里的玻璃窗半掩着，风从窗口吹进来，拂动千和额前的发。而她却不知，陌南一直以方才的姿态立在她身后。

千和突然起身，转身走回房内，一只脚刚踏进，男生便说：“你喜欢他。”不是疑问句，是一句以句号结尾的陈述句。

对方愣了一秒，“和你无关。”

陌南上前一步，扶住门把，认真地对千和说："没关系，我可以等你。请你相信我。"那一晚，千和不知是错愕得离谱，还是被伊燃迷失了方向，她竟有些相信陌南，即使她不需要这样的相信。陌南不能说是趁虚而入，只算是为了安抚千和的心，也算是为自己争得一次机会。

自始至终，千和只是沉默着，静静地听陌南说。那本是一场无心的谈话，却让彼此了解了很多。譬如，这个与伊燃身世、性格、爱好、人生目标、人生观、乃至学习成绩都大相径庭的陌南，有一个挥金如土的富老爸，和比自己只大五岁的小妈。从来不把学习当回事，却用金钱铺好了未来，以至于忙得只剩下泡妞，还没来得及形成良好的人生观便已"被人生"。千和说，会有很多人羡慕你的，不用这么刻苦就可以过上我们想要的生活。陌南不言，笑了笑，不知是自嘲还是对于千和不懂自己的回应。

整个谈话，陌南对于感情只字未提，千和对于自己亦是只字未提。

那像是一幅油墨未干的画，陌南探着身子轻吻了千和的脸颊，而他却比她还紧张，泛着红晕的脸上冒出了些许汗渍。

而千和低着头，本是没有反抗也没有生气，只是闻到自己最不喜欢的烟草味道便推开了他，也无力解释。陌南误以为是千和讨厌他，以后便不敢再肆意与千和做过多亲昵的动作，也不再提及此事。

六

有陌南的日子，千和就像是感受到了冬天的寒流，之后又被冬阳的清新温暖灌入内心。冬天的千和不喜欢穿太厚的衣服，因为这好似束缚，而后病痛折磨着千和。有时课间休息，陌南从窗外看到一面咳嗽一面捧着课本奋斗的千和时，总是一句不言而后默默地接一杯温水放在千和桌前。

那天，陌南像平时一样，将一杯温水递给千和，语气温和地说："丫头，不要太辛苦。"

“陌南，他生日了邀请我。”千和轻声说。

“谁？”

千和低头思忖了一会，将面前一道数学题写完后，一边咬着笔盖一边说：“伊燃。”

“那你去吗？”

“去。”千和抬头，眼神有些迷离但语句坚定，“为什么不去？”

下一秒，陌南没有表情地揉了揉千和的发说，“对，我陪你一起去。”

伊燃生日那天，下起了小雪。世界一片苍白，下楼的时候，外面刮起了大风。陌南帮千和紧了紧围巾，然后在前面帮她挡风。雪片落在了千和的身上，脸上，鼻翼上。千和在后面走着，走着走着，眼前一片模糊，又是一片清晰。她看着他，突然看清了些什么。但她什么都没说，因为这个时候她知道，还不适合。

生日宴会在一所 KTV 里，当千和推门的瞬间，被眼前花花绿绿的霓虹灯晃了一下。陌南紧张地看着千和，问她怎么了。

“千和，祝福你。”伊燃看到了二人的亲昵，上前一步说。

陌南拍了拍伊燃的肩，“嘿嘿，那是，我对她肯定比你强。”然后转头给千和一个眼色说，“老婆你说是不是？”

千和张口想说什么，却被陌南一把勾住脖子坐在沙发上。男生凑过来，悄声说：“笨猪，这是策略，先乖乖地听我的话。”

千和始终未看清坐在伊燃身旁女孩的脸。切蛋糕的时候，大家围在灯光下。千和好奇地向前走去，多看了那女孩两眼，女孩不自觉地白了千和两眼。千和像是做了错事的孩子一样猛然低下头。

“燃哥，祝你和嫂子早生贵子！”一个染着黄毛的男生用肩推了伊燃的肩笑嘻嘻地说。

“没正经的话。”伊燃用啤酒瓶敲了黄毛的头说，看了千和一眼，“要生也得结婚后说呢，是不是啊，小琪？”

那个叫小琪的女孩脸红了许多，害羞地低了头，只是傻笑。

后来说了什么，千和不记得了。大家吃了蛋糕，说了祝福的话后一个接一个地 K 歌。有人说按照顺序，一个一个唱，情侣可以一起合唱。第一个就是陌南和千和，陌南问千和想唱什么歌。千和摆摆手说自己五音不全，陌南说："老婆大人，怎么这么不给面子呢？"

"是真的，我们在一起的时候她从来不唱。"伊燃插话说，突然又觉得自己说错了话，便转身面向大家大声道，"那就让千和的男友为千和来首情歌，咱们大伙也沾沾喜气！"

身后的小伙们情绪高涨，一个劲地说来一个来一个。

"那我就为我最爱的老婆唱一首，希望老婆开心，希望大家喜欢。"陌南开心地拿着话筒对着千和说。

陌南虽然音色不是很好，但是很专注很深情，在座各位的激动气氛一下被陌南的歌声消去了一半。曲中，有人盯着面色柔和的陌南发呆；曲末，有人还未从中挣脱出。陌南坐回千和身边的时候笑嘻嘻地问："千和，我唱得怎么样？"

千和先不说，沉默了一会忍不住笑了两声，指了指陌南背后的黄毛说："可是我怎么觉得他唱得更好呢？"

"哼，老婆你怎么偏向外人。不理你了。"陌南转身离开了一点，鼓着脸假装很生气的样子。

"不是呀，我说的是实话嘛。"

"才不是，你是喜欢黄毛。讲那么多道理。"陌南顿了一下，"不然你说，是我好看还是他好看？"

"嗯嗯，你好看。"千和无奈点头。

"这还差不多，"然后凑身鼻尖顶着千和的鼻尖，低声说，"我也看不上那黄毛，跟猪毛似的真掉价。"

千和不知是被陌南说话带出的热气弄得瘙痒，还是被这话逗乐了，坐在角落一个劲地笑。

总的来说，那天的千和并没有多么伤心。即使看到曾经依恋的男友和别的女生贴近，关系亲近，看似从未留恋还是没有多么过分的难过。千和坐在那里突然想到了什么，突然感受到了什么，只是觉得身旁的

人给予自己的温暖不是伊燃可以点燃的。千和想，也许可以接受陌南对自己的好，告别过去。

可是，事情往往不是你想象的那么简单。

就在小琪因事离开后，伊燃将陌南悄悄叫到身边说，借千和几分钟，晚上我会将她送回的，能相信我吗？

陌南愣了愣，眯着眼似笑非笑地说，当然。不过我相信的是我老婆。

伊燃和千和走在了后边，所有人都离开后。伊燃将千和领到了他们第一次约会的地方。那是一个简陋的公园，朱色的墙，白色的花，摆设都已经陈旧。白色的雪一层又一层地在地上铺了好几层。

他们一直走，千和不知道这样走下去会是怎样，便停下了脚步。

伊燃转身问："怎么停下了？"

"那你又要带我去哪里呢？"

"他对你很好。"伊燃撇开话题。

"是，起码，不会突然离开我让我没有方向感。"千和的语气很轻，像是在描述别人的事情。

"那如果我让你等我呢？"伊燃小心翼翼地问。

千和愣住了。伊燃突然上前一步，将千和抱住。

千和推着伊燃，"你别这样，你当初是怎样选择的我不过问。我们已经不是孩子了，我希望我们能够为自己的选择承担后果，不管是对是错。"

"你别松开，我知道是我的错，我不会挽留你，只要你能让我再将你停留几分钟。好么？"

千和不语。他们站在温和的橘色灯光下，那姿态像是相亲相爱的情侣。是啊，他们曾经是多么令人羡慕的一对，可为何，要做出这样的选择。伊燃似是在等待千和问他，但千和不说，因为她觉得，即使怎样的原因，只要真正的爱我，就不会抛弃我。当所有人都在议论伊燃为何不再和千和一起时，千和却选择了沉默，这一次和刚分手一样，不问原因，只是缘分至此。

如果没有这次过错，伊燃也就不会再次将千和中伤。

那天是伊燃生日后的第三天。千和是那种不再过问过去是非的人，过去了也就过去了。可她不会想到，并不是她不过问了所有人就都不过问了。

七

那天中午，暖阳将大地照耀得很美。

马上就是三模了，千和坐在邻近窗户的地方。阳光从窗棂穿过落在千和认真的脸上，试题上。放在桌子上的手机突兀地响起来，是净瞳打来的。

千和身前走来了一个人，挡住了光线。

千和抬头，是伊燃的女友小琪。千和一脸有什么事的表情看她。

小琪的脸僵硬地抽动了两下，然后拿出一张照片说："你真恶心，都分手了，伊燃也有女友了，你还缠着他干什么？！"

是自己与伊燃相拥的照片。

"千和，千和……"电话的那头听到了什么，"是谁在和你说话？"

千和不语。

"哎哟，你倒是有闲心还在这里看书。有了一个什么陌南还在勾引前男友，真是不要脸啊。你是有多寂寞啊？"

"你才不要脸，自己男友看不住，怪起别人来了。"电话的那头大声吼着。

千和不语。

"你等着，我会让你远离伊燃，远离我们。我会……"

千和不再听小琪的长篇大论，沉默了一会说："好，我现在就离开，不用你揭发。"

"哼，别跟我耍花样！"小琪气急败坏，扬长而去。

"千和……？"净瞳有些担心地问。

“净瞳，我有事，先挂了。”千和将电话挂掉，手机关掉。

千和本想，自从和伊燃分别后，以后就算是背道而驰了。他过他的，我有我自己的生活。却不知，会有这样的结果。罢罢罢，算是自己的错误，自己过分柔软带给伊燃和小琪痛苦。思及此，千和便动身，收拾书籍文具用品准备离开。

“你生病了么？要请假回家？”千和抬头，是陌南。

“不读了。”

“为什么？”陌南看着她，以为她在因为什么事而赌气。

“用你管么？！我不读了就是不读了，我不考大学照样生活！”

“怎么了呀，小丫头，又是谁欺负你了？”陌南并未因为千和无缘无故爆发脾气而生气，他总是这么迁就着她。

“以后，也不需要你管我，懂吗？”

“脾气这么臭啊，看你平时温柔得很呢。不像是我们理智的千和呢。”陌南两手捏住千和的双肩。

“为什么要温柔？你以为我还需要对每个人都这么温柔？对每个人理智？陌南你为什么对我那么好？不就是因为你的爸妈工作太忙拿钱压制你的自由不能给你想要的爱么？你还真以为这就是你想要的爱情啊？”

陌南的脸色变了，不再柔和，他举起手。

“我知道你不会打我，装什么装？”

“哈哈，不愧是我们聪明的千和。”陌南猛然大笑，将要出去的手也放了回来。

第二天，千和的休学手续还没办齐，学校就有了从未有过的轰动，听说公告栏上贴了一张情侣相拥的照片。千和知道是什么，又不想留下什么阴影，上学时便躲过公告栏。净瞳慌慌张张地拉住千和，一边跑一边问，你知道照片上是谁么？

我当然知道的，怎么样？当千和说完最后一个“样”字时，她看到公告栏上贴着陌南和小琪相拥的照片。

千和怔住。

千和向陌南的班级奔去。

“陌南，陌南……”千和疯狂地喊着陌南的名字，这次她是真的想问出原因，问出他的选择。陌南仿佛知晓千和一定会找他，立在门口，好像什么都没发生一样看着千和一直笑，那种孩子会有的干净的笑容。

千和看着这样的陌南，话卡在喉咙口没有说出。

陌南牵着千和的手，走过那美丽的校园。阳光打在陌南的脸上，陌南笑得异常灿烂。陌南跳到栏杆上问千和，要上来么。千和想也未想，做出了要上去的姿态。

千和的制服裙下，两根清瘦的腿好似挂在栏杆上晃啊晃。

“千和，你真美，这么丑的制服你都穿得这么漂亮呢。”陌南拍了拍千和的头。

“陌南，你为什么那么做？”千和只想迅速知道那样做的原因。

“这么漂亮的千和，是不允许有阻碍的是不是？”陌南笑眯眯地看着千和，“所有阻碍都应该我来扫清。”

“可是我不需要这样的代价！你怎么这么自作多情？我从来就没喜欢过你，我为什么需要你的保护？”千和气得脸涨红。

“千和，如果没有伊燃，你会喜欢我吗？”

千和沉默了，她在想，怎样来说出即使有伊燃的存在她也会喜欢他。

“我知道我不需要学习就有一个好未来，我好吃懒做，和这么聪明的才女兼美女是如何不搭调，即使有这样的不搭调存在，我还是希望千和能多看我一眼，能多喜欢我一点，哪怕不喜欢我，还是希望能守护在千和身边……”

“好啦，小千和就不要再摆出那张难看到死的臭脸啦，该上课啦！”他侧过脸，嘴角扬起似笑非笑的弧度，伸出手说，“我们走吧。”

千和不知道，就在此时，公告栏上多了一张告示，白纸黑字上边写着陌南和小琪被开除，更讽刺的是那字体比以往处分的告示的字体大了一倍。

故事到这里基本就结束了，如大家所看到的那样，千和和陌南落入了俗套。陌南始终认为千和不会爱他，但他觉得即使留在千和的身边也是幸福的。当他知道伊燃的女友要报复千和时，陌南便用以相同的方式报复小琪。他跟踪小琪，然后突然抱住她，找人将这场景用相机拍下并将相片公诸于世。哪怕是与小琪同归于尽也一定要将妨碍千和的障碍扫清。

千和在陌南亲吻她时推开了他；千和会因为伊燃而哭泣；千和在自己将被开除时，说自己自作多情；重要的是千和从未喜欢过他。陌南做出的最后的挽留却因千和的绝情而土崩瓦解，于是他选择退出。

而陌南不知道，千和只是觉得这时说出这感觉还太早。因为她不知这是爱还是感激，她不敢妄下决定伤害了陌南，于是她寻找最恰当的时间来告知陌南这样的感情。而她不知，就在自己犹豫不定时，陌南已经离开了自己。

千和回到自己租住的公寓时，暮色已经沉重。她抬头看到隔壁家已经搬进新的住户，窗户上放了一盆茶花，开得甚是好看，白白净净的如同陌南的感情一样。

恍恍惚惚里，千和好似看到一幅油墨未干的画。有一个满脸不正经的美好少年亲吻自己。千和捂着脸穿梭在人群中，突然落了泪，咸水顺着指缝落在制服裙摆上。

有些人，有些事，就这样错失在时光里。千和突然释怀了，曾经拥有过这样一个明朗的少年，在这尘世间，拥有过最美好的感情是多么幸福的事。

苏艾曦，真名巩书寒，90后，生于北方某小城。双重性格，喜欢毫无边际的思考，总是纠结些无关紧要的事物。走在文字的边缘。（获第十四届新概念作文大赛一等奖）

火蝴蝶

◎文/边十三

一

弯弯绕绕的青藤在墙上缠绵，阳光懒散地落进窗户。花坛里的月季垂下了沉重的脑袋，蝉还在不知趣地叫着，夏日的燥热布满了空气里。

房间内两个孩子靠着钢琴大口大口地舔着冰淇淋，重重的奶油味填塞了整个午后。女孩看起来比男孩小一点儿，稚气的脸上沾满了奶油，冲着男孩甜甜地笑开。直到女孩的妈妈冲他们喊道:“七月，Zoe，来吃水果了。”这样，他们才会从地板上爬起来跑到客厅去，那时候的夏七月还是一个年少的公主。

夏七月的爸爸和Zoe的爸爸是战友，也是同事，两个人现在在一起打拼，建了一个公司。Zoe没有妈妈，这样，七月的妈妈也是Zoe的妈妈，他们习惯了唤同一个人“妈妈”。

七月的钢琴一直被冷落着，直到那一天，她听到Zoe在上面弹出美妙的音符，她看到Zoe的手指在上面如流水一般,她羡慕极了,让Zoe教她。此后的一段日子，房间总是传出“劈里啪啦”拍钢琴的声音，这时候，Zoe总会捂耳朵，咧着嘴看七月。

后来，七月上了四年级，Zoe上了五年级。对于七月来说，Zoe 是很重要的人，而七月于 Zoe，亦是同样的重要。

2000 年 6 月 19 号那天中午的新闻联播播道："本市知名企业家夏振浩家中失火，现与其妻子在医院抢救……"

18 号那天下午，Zoe 刚好去上街为七月买冰淇淋，他回去时，已经火光冲天。幸好两家隔得不远。Zoe 立刻跑回家拨了求救电话。而七月在冒着火向外跑时，肩膀锁骨处猛地撞到了门锁，霎时，血流不止，火辣辣的疼，她不敢看。她出来时，没找到父母，她想冲进去，Zoe 死死地拉住她，当她看到父母双双被抬上救护车时，忽然间，就没了意识。

七月醒来的时候肩膀仍微微的痛。这时的她，还不知道自己已经是个孤儿。七月看到白色的病房时，莫名的一种恐惧。Zoe 这时候也太小，他只能帮七月擦泪，Zoe 的爸爸细细打理了一些琐碎的事。

七月是懂事的，她不在 Zoe 面前哭，直到独自一个人的时候，她才会想起爸爸对她的宠溺，妈妈对她的严厉。回到家中后，七月一个人蜷缩在沙发上，努力地想嗅到曾经熟悉的味道，想听到爸爸妈妈对她说话，哪怕是一句呵斥。空空的大房子，就只有一个小小的她，身边总有妈妈残留的气味，却总也抓不住。她记得，她扑到妈妈的怀里时那股清香的味道，七月想让妈妈逼着她弹钢琴，练书法，现在，好像一切都不可能了，好像，就那么一夜之间，她变得孤独了，她明白，人总是要分开的，可是，现在，会不会太早了呢。七月还没有长大，她想留住她的父母的。

当警察找到七月的时候，她已经沉沉地睡着了。Zoe 带警察进入七月家的时候，他看到七月好像一头受伤的小兽，正在努力舔拭自己的伤。

警察问七月，你父母怎样了？七月咬着下唇睁着茫然的眼睛看着他们，然后，眼里又多了一抹忧伤，轻轻地摇了摇头，七月听到有一个警察叹了一口气。后来，七月偷听到警察跟Zoe的爸爸说，这起事件不是意外，希望您能为我们提供线索。

七月父母火化的那天，她没有去，她怕她会哭，她宁愿自己活在一个梦境里，有爸爸，有妈妈，有Zoe，这样，她便是幸福的了。

现在的七月，就只有外婆可以依靠了。她只记得，儿时，外婆常常哄她，也是十分宠她。昨天早晨，外婆过来接她去那个叫做“安颜”的小镇。七月觉得安颜应该是很美的吧。今天，她去与Zoe告别，她一直笑着，Zoe想留住她，七月却摇了摇头，她留给Zoe一只火蝴蝶的发夹，她说过，她最爱的便是火蝴蝶了。

Zoe说，我会去找你的。

走的时候，七月坚持不让Zoe去送她，她说，Zoe，我不知道怎样与你道别，我最后，真的不想再见你了。

七月的脸一直冲着窗外，她的泪顺着脸肆意滑下，模糊了眼前一排排的树。她一直没让Zoe知道，她的锁骨处有一个很深很大的疤，她再也不能穿以前那些漂亮的衣服了。

七月看到远处一点点走过去的云，她心里明白，与Zoe的距离越来越远。

又或许，再也，再也回不去。

二

夏七月，心里对那个地方不是没有留恋的，之所以她义无反顾，是因为她明白自己可以自欺一时，却不能自欺一世。

她平平静静在安颜度过了一年，升到了六年级。同学们都还是那样生疏，她还是独来独往，她看到外婆日渐老去的身体，恐惧与日俱增，她怕有一天，外婆也离去，她就真的再没有依靠了。

六年级暑假的时候，七月常常坐在河岸旁，外婆说，这条河叫“念河”。七月总是一个人看着平静的河面，默默地想念Zoe，她不知道，

Zoe 是否还记得有这样一个她。想得太入神了，以至于落入水中还没叫出声。七月是个旱鸭子，只懂得在水里瞎扑腾。许少明就是在这个时候出现的，一个猛子扎入河中。七月握住一根救命稻草，死死地搂住了许少明的脖子，而许少明硬是将夏七月拖到了岸上，许少明发现，现在的七月，还穿着高领子的衣服，他也没有多想，直接将七月背回了自己的家，七月这时候只知道自己还活着，怎么努力，都睁不开眼。

现在来说说许少明，老师眼中的不良少年，从记事起，就没见过自己的父母，这一点与夏七月是相似的，他是在听着“野孩子”的骂声中长大的，长大后，他再也不许别人侮辱自己。他十二岁那年，因为与别人打架，而被送去了少管所，出来后，自己开始谋生。打小，他是靠吃百家饭活下来的，大了，才明白谋生的不易，不过，自己却也闯出了一份天地，学会了防身的散打。现在的他，自己开了一家美发院，足够维持自己的生活了。有时候，晚上还去酒吧唱一晚，生意好的时候，也能挣个一二百元。

夏七月醒了，确切地说，是被烟味熏醒的。许少明抬眼看了看她，摁灭了烟，许少明扔给她一件衣服，说，你衣服湿了，换了吧。七月顺从地听了他的话，穿上了许少明的衣服。

夏七月出了许少明的家门，才突然想起，竟还没问恩人叫什么名字。于是又折回去，敲开了门，七月看着深情茫然的许少明，还未等他开口，七月直直地问，你叫什么名字？许少明看着小他许多的七月，他说，夏七月，我知道你，就足够了。但七月的手却紧紧地拉着许少明。最后，许少明无奈，他对夏七月说，七月小丫头，我叫许少明，许少明，你要记好了。七月冲他露出一个微笑，转身走了。许少明看着前面渐远的夏七月，心里悄悄地想，她穿他的衣服，怎么连个领子还要立起来，明明是夏天。

后来，夏七月路过许少明的美发院，总会有意无意地向里看一眼，有时看到许少明站在门口，也会冲他挥挥手，再微微一笑。偶尔，许少明也会主动叫七月一声“七月丫头”。

那天近日落的时候，七月又路过美发院，她看到许少明的头发重新漂了蓝色，嘴里叼了根烟，眼神瞟到了七月的时候，嘴角微微一翘，向她眨了一下眼，七月看得分明，然后便低头浅浅地笑了。

很快地，七月上了初中二年级，心里有如杂草一般，疯长了许多事情。比如，许少明。

七月不知道怎么唤许少明，直接叫名字，好像有点没大没小，毕竟许少明大她六岁，若叫“叔叔”，好像显得老了些，于是，简简单单的一个“哎”字代替了许多许多。

许少明的头发蓄了很长很长，前额的刘海儿也遮住了明亮的眸子。夏七月与许少明渐渐熟络，许少明心里似是明白许多的，但他不提，夏七月也不提，就这么都揣着明白装糊涂。

许少明再怎么说，也是混过来的人，身边的女人总也是不断的，或许，她们还都不能称为“女人”。但在许少明眼中，她们是。童话里总是说，恶魔总是要由天使来拯救的，所以，许少明这样的人，一定要有个单纯美好的女子来拯救。许少明认为，夏七月便是这个样子的，而他身边，绕着他团团转的那些小女人，都算不得什么。

许少明总是对着夏七月笑，七月觉得，若能天天看到这笑，也未尝不是一种美好，许少明抚摸着七月的头发，指尖缠绕住几根头发，悄悄地拔下了一根，又在自己的头上拔下了一根，然后，他将两根头发系在了一起，这么，就是结发了吧，许少明偷偷地想。

夏七月离开她的家很久了吧，离开 Zoe 也很久了吧，有多久呢？大概她自己也算不清楚了。现在的七月，应该不记得她曾经的骄傲了吧，应该不记得，曾经的不可一世了吧，应该不记得，曾经如一个公主的跋扈了吧，应该，不记得，Zoe 的样子了吧。但是，她永远都记得 Zoe，年少的 Zoe，七月不是没想过，现在的 Zoe，会不会是个翩翩美少年呢？她与他，到底，会不会再见呢？

Zoe 说，我会去找你的，七月对这句话，记得很是清楚。

七月的心里，Zoe 和许少明，孰轻？孰重？她无法比较。

三

初三。

夏七月总是书山题海，累了，便在一张大白纸上写“许，少，明”三个字，清秀。一天下来，总有好几张纸上面密密地写满了“许”字，写满了“少”字，写满了“明”字，连起来，三个字：许少明。敲得七月的心里咚咚直响。

夏七月，心里总归是自卑的，但她仍然是优秀的，她不再骄傲，再也没有理由骄傲，初三，夏七月突然懂了很多事。她知道外婆不容易，所以她从不跟外婆说她的难，她的苦。七月的心里是坚强的，她那么多劫都照样挺了过来，七月对许少明说，我绝不会低下头，因为我是个坚强的孩子。

七月总是不会与人相处，从前，都是同学巴结她，因为她有钱，有好看的衣服，有能干的爸爸，现在，她一无所有了，所以，连朋友也没有了，她嘴上说，我喜欢自己一个人，但是，她又怎么能承受住孤独？

七月最近总是在一些无关紧要的课上睡着，晚上，七月总是无边无际地思念着爸爸、妈妈，她睡不着。七月不敢哭，她怕外婆看到，于是总在床角一侧将胳膊塞进嘴里，牙齿狠狠地嵌进肉里，早晨再看胳膊时，还微微的有些血的痕迹。久了，胳膊上总有暗暗的参差不齐的齿痕。

许少明有一天无意间撩起了夏七月的袖子，一片触目惊心。七月猛地抽回了胳膊，许少明后脊背发凉。他问七月，七月只是摇头，她不说，后来，许少明渐渐也不问了，但他明白，原来七月丫头，心里也是有伤的。

那一年，夏七月不敢过多地想念许少明，她不想让许少明失望，也不想让外婆失望，更不想让天上的人失望，还有 Zoe。

七月拼了命地学，晚上再睡不着，就发疯地做题，她想着，做一道就可以想念许少明一次，于是，不知不觉中，就做了那么多的题。成绩蹭蹭蹭地直线上升，精力达到了顶峰，而她缺的那些觉，也都在历史课上补了回来。

外婆总是怜爱地拍着七月的头，笑着说，七月大了，懂事了。说着说着，外婆的眼里就慢慢地有了浑浊的泪。然而嘴角却仍挂着笑。

夏七月学得快要疯了的时候，学校第三次模拟考，七月盯着卷子上的题，忽然感到，这些东西竟如此简单，答得顺利，下笔如流水。最后一科考英语，说实话，夏七月虽然从小有点底子，但她的英语成绩，却总是以“8”打头。

夏七月苦着一张脸答题时，眼前突兀地出现了一个小纸团，吓了她一跳，七月看了看老师，悄悄地打开了纸团，上面清秀的字体写着：帮帮忙，写一下答案。七月四处望了一下，看到一个女孩冲她笑。七月的心忽然就好像要炸开似的，几经挣扎，七月还是将答案写上了，趁着老师不注意，偷偷地扔了过去。

出了考场，那个女孩追上了夏七月，对她伸出手，七月抬眼看了一下，没作回应，转身走掉了。

七月不是不想交朋友的，只不过，她不知道该如何与人相处，她明白，夜里的孤独不好受，但她却走不出这个瓶颈。

后来，那个女孩又拦住了夏七月，她对七月说，我叫宋。七月犹豫了一下，说，我是夏七月，你有什么事吗？宋摇摇头，说，我知道你是夏七月，我要告诉你的是，夏七月，谢谢。七月从未想到会有人记得她，会有人对她说“谢谢”。所以，七月将她死死地记住，宋，宋。一遍，又一遍。舌尖抵着牙齿，轻轻发音。

此后，七月与宋便无更多的交集。

2005 年夏。七月考出了小镇，兜兜转转后，她又回到了那个熟悉又陌生的城市。

这个世界就是那么小。

七月去学校报到的那天，看到了两个人，一个，是宋，而另一个，是长成了翩翩少年的Zoe，Zoe依旧长她一届，今年上高二。宋与她又分到了一个班级，宋很快地与人熟络了起来，而七月却依旧一个人缩在一个小小的角落，咀嚼着孤独。

夏七月刚刚下了第一节课，Zoe便急急地来找她。真的是个翩翩美少年了。Zoe细细地看夏七月，黑了，瘦了。

夏七月刚刚安分下来的心，又起了涟漪。一层一层，漾起波纹。

四

夏七月遇见Zoe，是个意外。而更意外的，是许少明从安颜搬到了这里。繁华的城市，注定了夏七月的许多事情。

宋坐在七月的右边，隔了一条过道，七月常常偏头看她，怎么形容她呢？七月想。细腻的皮肤，精致的锁骨……好像，七月也是有这么精致的锁骨，但却只能用领子遮住。

宋一直都想接近七月，如瓷娃娃一样的女生。宋总是不停地和七月说一些琐事，七月偶尔插一两句，但大多时候，七月都是沉默。

Zoe下了课常常来找七月。一次，Zoe将七月带回了家，Zoe的爸爸见了七月，眼眶突然就红了。他拉七月坐下，经过几年的时间，七月发现，原来时间真的是很恐怖的东西。她看到，以前常常领她和Zoe去玩的叔叔，脸上也爬满了岁月沧桑。

七月轻轻地唤了一声："叔……叔……"泪就如断了线的珠子，一颗一颗，砸得地板都疼了。Zoe试图打破这种沉默，他笑了笑，开了一句不是玩笑的玩笑，他说，七月，怎么生疏了，干脆以后你就和我一样叫"爸爸"吧，反正你的妈妈也是我的妈妈。Zoe真的没想到，七月竟真的开始和他一样叫"爸爸"，Zoe恨不得抽自己一个大嘴巴，七月叫了"爸爸"，那么他们就是兄妹了吧，以后怎么说"我爱你”呢?

夏七月每叫一声“爸爸”，Zoe 的心就好像被针扎了一下，疼得一激灵一激灵的，不过，让他释然的是，七月退了步，住在了他们家，这样，Zoe 就可以每天和七月一起上学，一起回家。

这样久了，Zoe 的一些朋友就会半真半假地对他说，喂，又换新女朋友啦！听到这种话，七月的心悄悄地冒起了酸泡泡，用鄙视的眼神看向 Zoe，Zoe“嘿嘿”地冲七月笑。

其实，夏七月早就明白，她从很久以前开始，就不是人人羡慕的公主了，而 Zoe 却依旧是个富少爷。就算 Zoe 心里一直没忘记她，那又代表什么，难道，灰姑娘的故事会在她身上发生么？未免太过天真。

后来，在 Zoe 来找七月的时候，宋就总是粘着夏七月，Zoe 不喜欢三个人一起，他和七月说，以后，你能不能和你身边的那个女孩子说，叫她不要总是在你的身边，我不喜欢她。七月很顺从地听了 Zoe 的话，她对宋说，宋，我们是不是不应该走得这么近，还有你和 Zoe，宋的眼睛眨了眨，抬手给了七月一巴掌，霎时，七月的脸上好像盛开一朵妖冶的莲花，一片嫣红。

宋指着七月的鼻子说，夏七月，你不要以为 Zoe 一定是你的。

七月轻轻地拭下了滑下的泪。七月什么时候以为 Zoe 是自己的了，什么时候想占有 Zoe 了？令七月更寒心的是，曾经那个握着手和她说“谢谢”的宋哪里去了呢?

放学后，七月在校门口等 Zoe 时，有几个穿着奇异的女孩子问她，你是夏七月么？七月点点头，然后有一个人说，Zoe 在等你，和我们来吧，于是，七月便傻傻地去了。到了一个小胡同停下后，那几个女孩子便开口说道，夏七月，Zoe 是宋的，你不要动，明白么？七月瞪着惊恐的眼睛，却还是倔强地摇了摇头。随后，七月承受的，是一阵暴雨般的拳打脚踢，有几个人拽着她的头发往墙上撞，就在七月尝到一种血腥的时候，她看到许少明，她看到许少明狠狠地甩了她们几个巴掌，然后，许少明扶起七月，将她再一次背回了自己的家。

许少明的心疼了。他轻轻拭下七月额头的血迹，问她，怎么会这样呢？七月勉强地笑了笑，摇了摇头，许少明说，如果不是我恰好路过，你怎么办呢？七月，要不，我来照顾你吧，我等你长大，好不好？七月说，不。

七月说，我爱 Zoe。

七月不知道她为什么要这么说，明明，她对许少明，是不一样的。

天近黑的时候，许少明将她送回 Zoe 家。许少明第一次见到 Zoe，他拍着 Zoe 的肩膀说，好好照顾七月丫头。

七月看着许少明离开的背影，感到有什么东西自她体内抽离。一点，一点。

Zoe 问七月怎么会回来这么晚，七月说，Zoe，你说，我们可以回到过去么？那个稚气的年代。Zoe 好像忘了他的问题，Zoe 说，或许，不行了吧，一切，好像都不一样了吧。

是的，回不去了。变了，都变了。唯一没变的，是 Zoe 手中的火蝴蝶发夹。

夏七月对许少明，再怎样，好像都只是一时的依赖，她不知道，自己的心里，始终都有 Zoe，没有随时间的流逝而流逝，反而随年龄的增长而增长了许多。

再或许，再也不是儿时的稚气情感，好像，这种感觉，被称作“爱”。

这么，好像在说，夏七月真的真的爱 Zoe。

五

许少明早晨刚走出家门，就被一群人团团围住。为首的女孩子就是那天被许少明一巴掌甩了个趔趄的那个，许少明一看这架势，自然明白了许多。

许少明揉揉眼睛，笑笑，说，你们爹妈就这么让你们在外边犯浑，当初，我就是和你们一样走过来的，但我没有爹妈，你们不一样，要打是么？成，让你们打一回。说完，许少明抱头蹲下。

挣扎着起来时，擦下了嘴角的血，踉跄地又走回了家。这一天，许少明在沙发上没动一下，但他毕竟是练过散打的人，第二天，依旧如常。

早晨出门，他又看到一伙人，和昨天一样。许少明皱眉，开口说，怎么着，没完了。一次不成，你们如果今天还是要打，那我今天就说句对你们爹妈不敬的话，要我教训孙子似的对你们？当初我在里边的时候，你们指不定在哪玩过家家呢。

后来，许少明这天还是没出门。他将他眼里的孩子扶进了他的家门，他心里知道，年少的轻狂，是他曾经的骄傲。可现在，却谋生都难，许少明不想让这群花样的少年步他的后尘。

许少明拿出家里的药给他们，其中一个男孩小声说，谢谢。

许少明说，回家吧。你们的父母都老了。

七月说，对不起。

许少明说，我爱你。

许少明要听的，不是对不起。

七月想，若是她没有再遇见 Zoe，她会不会对许少明说另外的三个字？

没有答案。

学校知道了宋与七月的一些事情，却与真实的情况大相径庭。学校认为，是夏七月叫了人来打宋，好像没有证据，人证是高一九班的全体学生，而物证是宋胳膊上前几天被她爸爸打的淤青。于是，学校就相信了，七月被记了大过。

Zoe 自然是不信的，他问七月，事情真的是这样么？七月苦笑，是与不是，真的有区别么？ Zoe，我再也不是儿时那个能只手遮天的夏七月了，现在的夏七月，只不过是一个一无所有的乞丐。Zoe 语气有点激动，他说，七月，以前的 Zoe 会保护你，现在 Zoe 还是会保护你，七月摇了摇头，她说，Zoe，你知道飞鸟与鱼的爱么？它们不会在一起，就好比你和我，即使相爱，依然不可能在一起。Zoe 拿出发夹，他说，火蝴蝶，她会让我们在一起，即使是飞鸟与鱼相爱的痴恋，我还是相信，懂么？

七月愣住，慢慢地低下了头。

宋对 Zoe 说，我喜欢你，说得张扬。

Zoe 说，谢谢，对不起。

七月说，Zoe，别伤她的心。

Zoe 在七月生日的前一天，送给她一条白色的裙子，七月笑，春暖花开。Zoe 说，七月，明天穿给我看，如果想做我的公主，穿给我看。

夏七月穿着裙子站在镜子前时，触目惊心的疤遮盖了所有，七月的泪又是一滴。她将裙子放起来，默默地对着自己说，Zoe，你永远都是我的王子，我不是你的公主，对不起。

那天，Zoe 没能见到他天使一般的公主，他说，宋，不如我们在一起吧。七月笑了，比哭还难看。她说，Zoe，我亲爱的王子。

宋看着夏七月，她说，夏七月，我说过的，Zoe 是我的，七月点点头说，王子不爱灰姑娘。

夏天才刚刚过去，好像就是冬天了，要不然，怎么下雪了呢？眼里结了一层雾，朦胧了一片纯白。

六

七月说，许少明，我长大了。她慢慢地将肩膀露出来，她将那一片触目惊心展现在许少明的眼前，七月说，许少明，你看，我长成了这个样子，你会嫌弃我吗？

许少明一把将夏七月死死地揽入怀中，他说，七月丫头大了，我怎么会嫌弃你呢？七月说，王子是公主的，灰姑娘是擦鞋匠的，许，我们在一起吧。

许少明看着怀中比他小六岁的七月，觉得自己可真肮脏，但他爱她，这有什么办法呢？许少明听见七月说，我们在一起吧，但他却没有听到，那三个字，我爱你，那三个字。他想，灰姑娘也是爱王子的呢。

夏七月长大了。

可以在许少明怀中看他抽烟，可以将指甲染成妩媚的红色，可以夜不归宿，可以在大街上放肆地与许少明接吻。

但夏七月是灰姑娘，善良的，虽然放肆，虽然卑微，但她干净，她纯洁。心里依旧有一方净土，给 Zoe。

许少明这阵子在这个城市也混出不少名堂，至少他的名字让一些放荡的少年记在了心上。他身边的女子，依旧不断。

夏七月搬出了 Zoe 的家，住回了学校。许少明说，去我那儿住吧，七月说不。Zoe 想留住七月，他说，爸爸不想你走，他不放心你，七月问，那你呢？ Zoe 垂下了眼睑，七月笑了笑，转身离开。

许少明的头发长了很久，及肩了。七月看着许少明，她说，许，剪了吧，然后，许少明就真的剪了，利落了许多。七月说，能漂成蓝色么？我喜欢你以前的样子，在安颜小镇时的样子，于是，许少明的头发又成了当初的模样。

许少明爱的夏七月，在他眼里，她依旧是个孩子，他不敢在她面前放肆，甚至，不敢主动去索取一个拥抱。

许少明有时候感觉真的很累，他想要夏七月的一切，但他却怕自己染脏了那一片纯白。

许少明说，七月，早点回去，女孩子不要总在外边。

许少明说，七月，你怎么涂指甲呢？

……

七月说，许，你怎么这样啰唆。

许少明说，对不起。

许少明不是个安分的人，但他真的不想带坏夏七月。他最近，不知道从哪弄来一辆摩托车，他骑着进了七月的学校，在七月教室底下喊夏七月，一声接一声，七月从窗户里探出脑袋，看见了许少明，然后举手，说老师我胃疼，“蹭蹭蹭”跑下了楼梯。

七月一脚踩在后座上，手搂着许少明的脖子，就这么大张旗鼓地出了学校，Zoe 看得一清二楚。

你知道刹车失灵是什么概念么？

也许，最开始，就是有人想报复许少明，但没想到，受伤的，却是夏七月。

许少明撞上护栏那一刻，最先想到的是夏七月，他扶起夏七月的时候，已经不知所措，拦了一辆车就上了医院。

医生说，现在动手术，还不晚，她家属呢？许少明愣住，最后找来了 Zoe 的爸爸，签了同意书。Zoe 爸爸说，年轻人，我女儿还小，不要毁了她，好么？

许少明说，我爱她，掷地有声。后来，他又说，好吧，我放开七月。

手术成功。

许少明对着昏迷的七月说，七月丫头，你会记得我么？然后他看到了 Zoe，许少明说，七月，肩上有疤，你知道吗？Zoe 摇头。

许少明撩开七月的衣服，他说，你看，她不能穿裙子。Zoe 后退，他抓着门框，喃喃地问，怎么会？

许少明说，她爱她的王子，不是我，是你。

七月的王子，是 Zoe。

七

许少明离开前的最后一句话是，对不起，七月丫头。

Zoe 和爸爸商量，将七月的疤纹成一只火蝴蝶。于是，在七月还未清醒的时候，颈上多了一只火蝴蝶，正向她锁骨处飞去。

然而，七月醒来，第一句话，便是，许怎么样？Zoe 告诉她，许少明去安颜了，离开了她，七月开始哭。在 Zoe 的记忆中，这是七月第一次哭，在他面前，却不是为他。

夏七月依赖许少明，他是她最好最好的朋友，她是喜欢他的，但她却也深深地爱着Zoe。

七月回到安颜，没有找到许少明，却看到外婆倚靠在墙角，一动不动，她看到外婆发紫的嘴唇，僵冷的身体，恐惧就一点一点侵袭了她，七月这时候，好像不会哭了，一个劲儿地叫着“外婆，外婆。”后来，七月就傻愣愣地呆在了原地，看着外婆微闭的双目，这一切，怎么都让她夏七月遇上了呢?

七月草草地打理了外婆的后事，又回了那个城市，又孤独了。

怎么，连许少明都抛弃她了呢?

Zoe问七月，你爱他么?七月说，Zoe，你觉得呢?你觉得我爱不爱他? Zoe听七月这么说，他以为，七月是爱许少明的，大她六岁的许少明。那么，为什么，许少明说，七月的王子是他Zoe呢?

怎么办呢?

七月不敢回宿舍，她怯怯地对Zoe说，我可不可以在这里住一晚，Zoe点点头。

晚上七月心里开始恐惧，她不知道为什么，眼前总是出现外婆的影子，外婆不笑，呆呆地看着七月，后来，外婆说，七月，七月，你怎么把我一个人留在那里呢?

七月满头大汗地坐起来的时候，又好像听见外婆说，七月，七月，我的好孩子，你怎么把外婆一个人留在那里呢?

然后，七月哭了，哭得如一个丢了妈妈的婴孩。Zoe冲进来看见哭得一塌糊涂的夏七月，心突然就软了，好像又多了一种东西，到底是什么呢?他说不清。

那一夜，七月在Zoe的怀里，眼睛挂着泪睡了，睡得很香。她梦到，有两个孩子，在青藤爬上墙的屋子里，靠着钢琴吃冰淇淋，咦?怎么是苦的?

冰淇淋怎么都苦了呢?

八

七月放弃了寻找许少明，乖乖地回到了学校，依旧被大家排斥着，她现在还是一个人，上课，下课，上学，放学，不在乎别人看她的眼神。

宋和 Zoe 来往还算频繁，宋常常跑到楼上去找 Zoe，七月看在眼里，并不说什么。

七月在街上漫无目的地闲逛，竟看到了许少明，头发又长了许多，胡子拉碴，手里掐着根烟，脸上还有凝固的血痂，更要命的是，他的怀里还有一个女人，化着浓妆，在七月眼里，真像个妖精。

七月跑过去，拉开他怀里的女人，许少明看到夏七月，开始愣了一下，后来一挥手，对那个妖精似的女人说，你先走吧。

许少明踩灭了烟，看着七月，问，怎么，你的王子呢？七月突然变成了一个疯狂的兔子，眼睛红红的，她冲许少明嚷，大声地叫，后来没了力气，哭着扑进了许少明的怀里，她说，许，我长大了，你说过，等我长大啊，许，我是你的七月丫头啊！许少明轻轻地推开夏七月，说，七月，我的七月丫头，她的肩膀有疤，可你没有，所以你不是，我的七月丫头，她是善良的灰姑娘，可你是完美的公主，所以你不是。我爱七月丫头，但不爱你，她死了，七月，你走吧。

夏七月像一个迷路的孩子，坐在地上，轻轻地说，许，连你也不要我了，你要是不喜欢这个蝴蝶，我可以不要，七月说着，就不知道从哪弄出来一把刀，抵在了自己的肩上，许少明一看，后背一下子起了一层汗，他一把抢过刀，摇了摇头，说，七月，你怎么这样呢？你为什么不去找爱你的王子呢？

七月趴在许少明背上，说，许，灰姑娘爱王子，可王子不爱灰姑娘。

许少明他真的不知道该怎么办了。七月那么依赖他，她离不开他，可他却给不了七月幸福，怎么会这样呢？

七月说，许，我想外婆，我想回安颜，许少明说，七月丫头，不行，你不是灰姑娘，你要和 Zoe 在一起的，七月摇头，不，他有宋了。

七月算什么呢？许少明这样问 Zoe。

Zoe 说不出来。

七月去看 Zoe 的爸爸，她叫“爸爸”，Zoe 的爸爸听了，笑得像个圣诞老人。

七月记得那个晚上，Zoe 的爸爸说，七月，你现在大了，有一件事我必须告诉你，谋杀你父母的凶手，我们找到了，他叫宋琛杰，当年，他只是你爸爸手下的一名小职员，有一次，你爸爸扣了他的奖金，他才纵火烧了你的家。

七月忘记了。但她好像又必须记得，宋以前好像对她说过，宋的爸爸因为醉后纵火被判刑，好像，也叫宋琛杰。

有这么巧么？

原来世界真的可以这么小，命运同每个人开着滑稽的玩笑。

七月坐在酒吧里，灯光明明灭灭，一杯一杯地喝着各色的酒，哭了笑，笑了哭，许少明找到夏七月的时候，她早已经神智不清，嘴里默默地说着，宋，宋琛杰。

许少明看着蜷缩起来的夏七月，真像一只受惊的猫，他给 Zoe 打电话，说，你的公主在我这里，请你把她接走，Zoe 赶到的时候，七月自己缩在一个墙角，紧紧地抱着自己的身体睡着了。

Zoe 看了看七月，说，许少明，我是不是应该谢谢你呢？

许少明微微笑了。

谢什么呢？现在王子爱上公主了。

七月再也不是许少明的灰姑娘了。

九

Zoe 对着宋说：好了，我们分开，宋的眼里开始变冷，她问为什么？Zoe 摇头，不为什么，宋没有挽留。

七月看到了许少明给她留的信。

淡蓝的信纸，清秀的字体。

七月丫头：

你记得吗？童话里说，王子和灰姑娘过上了幸福的生活，现实也会是这样，Zoe是你的王子，你一定会幸福的。

你就好像你身上的那只蝴蝶，我不能留住你，所以呢，你就要自由地飞，Zoe是爱你的，我要去很远很远的地方，连我都不知道那是哪里，你可以记得我，但最好不要，我们，就再也不要见面了吧！

我爱你，七月丫头，一直一直，我都是爱你的，但我希望你可以快乐，你和我在一起，没有快乐的，所以，我放开你，你以后不能再依赖我了，去找Zoe吧，对他说，说我爱你。

好了，就这样吧。

许

七月拿着信去找Zoe，她给Zoe看那封信，她问，Zoe，怎么办？怎么办？Zoe抱住七月，拍着她，说，好了，七月，你看，我是你的王子。

七月说，我的王子，我爱你。

七月和Zoe十指相扣，在马路牙子上吃冰淇淋，嗯，是甜的。

Zoe的爸爸说，七月，你真的爱Zoe么？Zoe看七月重重地点头，爸爸说，祝你们幸福。但现在你们都必须努力学习，懂么？爸爸看着两个孩子，笑得合不拢嘴，他说，我不管你们的事了，明天我就出国，找你们的新妈妈，大概好久才能回来，Zoe看了看七月，微微笑了。

如果，故事就这么结束，那该多么好，可是，这不是结局。

十二月十七日，下了很大的雪，七月的手塞进口袋里，跟着Zoe去上学，到了学校，说了“再见”就回到了各自的班级。

宋一次又一次地找七月的碴，七月不理。但宋，却不想就这么放过夏七月。

上课，宋举手拿出一张纸条，对老师说，夏七月用纸条骂我，七月连碰都没碰过那纸条，怎么就骂她了呢？七月在办公室站了一上午，那儿可真冷。

Zoe 不知是听谁说了这件事，气冲冲地找到宋，他骂她，你真是个贱人！

宋的眼睛结了一层雾，抬起手，又慢慢地放下，她说，Zoe，谁叫我爱你，谁叫你爱夏七月。

放学的时候，七月在校门口等 Zoe，宋经过她身边时，狠狠地推了她一下，Zoe 看得分明，七月倒在了马路上，Zoe 扔下书包，远远地就看到一辆卡车，十多米远的距离，一下子就冲了过来，Zoe 还差一步，一步而已，就可以抱起七月了，只是一步，血就溅了他一身。

宋也愣了，她不想这样的，Zoe 抱着七月拼命跑，血一滴一滴落在雪上，好像开花了似的，白色映衬着的鲜红，什么花呢？对了，是红罂粟，妖艳极了。

医生冲 Zoe 摇了摇头，Zoe 喊，夏七月，夏七月，这是他最后一次发声。

十

Zoe 发了一封邮件给爸爸，说一切都好，七月回安颜了，他也要过去住一段时间。

Zoe 退了学，谁也不知道他去了哪里。

Zoe 的爸爸回来后，发布了寻找一男一女的寻人启示，男，18 岁，1 米 79；女，17 岁，1 米 63，女孩肩上有一只火蝴蝶，见到的人请与此号码联系：136××××××××。

后来，有人说，在安颜好像见到过这样的男孩，是个哑巴，风一吹，

露出好看的锁骨，锁骨处，好像还有一只欲飞的火蝴蝶。

边十三，真名赵丹盈，女，1992年生人，天秤座。爱好一切新鲜的东西，也容易厌倦，做事情多半途而废。热衷星座，命理，有点小迷信。曾是文科生，后转理。擅长叙事性散文和贴近现实的小说。性格善变。（获第十四届新概念作文大赛一等奖）

第 2 章

季末温存

过去了很久，在冬季快要过去的时候，我还记得温暖的过冬，温暖的怀念

秘地百合

◎文/王君心

一

在别人看来，我是一个内向，矮小而平凡的女生。

好比说每个班级体就像一个橄榄，成绩优异的和不爱读书的同学分别两头尖，而我就属于中间最大的那一部分：绝对听老师的话，作业绝对按时完成，成绩也绝对普通。我们通常最令老师们放心，却又最容易被人忽略。

我的成绩总也上不去，不管我开夜车开到多晚，作业多么认真完成，却始终在班上第一、二十之间的位置里徘徊。每次成绩出来的时候我总感到有些压抑，看到妈妈冲着我长吁短叹，我就会沮丧地想：也许我的脑瓜子天生就笨，像陈茗，她长得漂亮，家境又好，看起来几乎每天都在玩儿，成绩却是班上数一数二的。

不过，我也有属于我自己的快乐的秘密角落。那就是读罗杰写给我的信和给他回信的时光。

谁也不知道，也一定不会相信，我这个平凡的小丫头周小凝居然已经秘密地和一个外校的男生通信一年多了！

我和罗杰是在去年暑假的补习班上认识的。他和我可不一样，他的成绩非常优异，听说还常常霸着年段第一这把交椅。可是他却一点架子也没有，他长得眉清目秀的，看起来很大气，总是浅浅地笑着。

那时候，老师安排他和我同桌，由他来辅导我学习。他讲得很认真，做几何题时总是用五、六种方法解一道题，并告诉我最简单的思路，让我看得目瞪口呆。

不知道为什么，老师写在黑板上密密麻麻的解题过程被罗杰一说就变得简单易懂，我很认真地听着，成绩终于蹿上去一截。

新学期开始后，补习班的学习也就结束了，本以为就这样和罗杰分别了，没想到开学的第二个星期，我就收到了他的信。他谈了新学期的生活，还抄了几道这学期的典型例题给我。他说："暑假时你总抱怨读不好数学，寄几道母题给你，好好练习一下，成绩很快就能上去了。"

最后，他还说了一句："周小凝其实你很聪明的。"

就因为这句话，我的心怦怦怦地跳了一晚上，立刻就铺开纸，回了信，告诉他我的谢意和近来的学习情况。

罗杰用最普通的白色信封和信纸，他的字写在上边又那么好看。他写的是连体字，却一点也不杂乱，每一笔都干净而有力。

有了他的帮助，我的成绩虽然没有太多起色，做数学题时也总算也有点信心了，否则，平时手都要抖个不停。

我们每两个星期通一次信，一年下来，信累积起来也有厚厚一叠了。信是我每个星期一的早晨独自去传达室领的，我没敢让别人知道我在和罗杰通信，包括妈妈。我们学校对于学生早恋管得很严，也不管究竟有没有，一星半点苗头都要被掐断。妈妈对我管得最紧了，她要是知道我在和一个男生写信，她非气背过去不可。

"唉，难道男生和女生之间就不能有纯粹的友谊吗？"我在信纸上写下这句话，寄给了罗杰。

二

又一个星期一的时候，我去传达室取信，看到那个熟悉的白色信封的时候，不由地松了一口气。现在估计只有罗杰会用这么简单的信封了。但这有什么关系呢？简单，实用，这就是罗杰给人的印象，让人安心。

我很快把信放进书包里，恰在这时同学宁筱走了过来。

“藏什么东西啊，这么紧张？”宁筱笑嘻嘻地问道。

“小学时的同学寄来的信，没什么。”我努力回答得自然一些。

“真的吗？”宁筱扬了扬眉毛，“是男生还是女生？”

我尽量轻描淡写：“那还用问，当然是女生咯。”

“你听说了吗……”宁筱突然凑近我，对我神秘兮兮地问道。

“知道什么？”

宁筱换了个表情，饶有兴趣地说：“隔壁班有个男生写情书给陈茗，被班主任发现了……”

“真的吗？”血一下子涌到脸上来，我的心顿时慌张地跳个不停。

我们的班主任是一个四十多岁的保守型女性，眼里容不进一粒沙子。情书一落到她手中，陈茗就绝对没有什么好下场。我把手伸进书包里碰了碰那封信，无端地害怕它会被班主任瞅见，有一种做贼心虚的感觉。

“千真万确！不信？到了班上，肯定人人都在议论这件事。”宁筱拉起我的手，和我一起到了教室。

果然，教室里的男生们倒还和平常一样，懒洋洋地趴在桌面上。女生们则三五成群地聚在一起，像是在神情严肃地讨论些什么，时不时地一齐转过头去看向陈茗的座位。

空气中有一种奇妙的气氛，神秘，紧张，更多的则是兴奋。

陈茗趴在桌子上，头埋在手臂里，我看不到她的表情。

班会课上，班主任在讲台上说得唾沫横飞。她先是撤掉了陈茗的班长职务，像正义的斗士一般，手里攥着那封粉红色的信，嚷道：“真不敢相信，在我的班级里居然还有这种事发生！真是往我脸上抹黑！你们看看这信写的……我怎么也不相信才初中的学生居然能写出这么……这么……”

班主任像是被什么噎住了似的，半天才哼出一句话来："这么下流……恶心！"顿时脸涨得通红。

"哈……"一阵哄堂大笑，大家看到班主任憋了半天才憋出这么一句话来都忍不住笑了起来。

"这有什么好笑的！你……你们……"班主任气急败坏地喊道，"通通给我写两千字检讨，明天上交！"

班主任的确被气得不轻，她摇摇晃晃地离开了教室。

班上顿时炸开了锅，女生们兴趣高涨地讨论着情书的内容，男生们纷纷嘻嘻哈哈地笑起来，不知在说些什么。

这天晚上，直到做作业的时候，我才打开了罗杰的信。

信里依旧有几道誊写得工工整整的数学题目，背面附加标准答案。

罗杰说："男生和女生之间为什么不能有纯粹的友谊呢？我们不就是吗？是那些大人们太过张牙舞爪了，他们只看到一两个污点就把所有的一切都抹黑了。不用担心，我们之间的友谊一定能天长地久。"

我的心一下子安定下来，看着信纸上写着："你听过秘地百合的传说吗？在我们镇上的某座山里，春末夏初时有一片盛开着百合花的秘地。我是听同学说的。百合是我最喜欢的花，因为她的高雅，她的单纯。我想什么时候能去看一看啊。"

就在这时，我听到了妈妈的脚步声，我急忙以迅雷不及掩耳之势把信塞进了抽屉里，继续装作若无其事地做着作业。

妈妈走到我身边："累了吧，来，吃个苹果。"

我接过她手中的苹果，一小口一小口地咬着。

本来这时候妈妈应该很快走开才对，今天她却在我身旁站了一会儿。

难道她看到了我的动作？我警惕地问道："怎么了吗？"

"没。"妈妈摆摆手，"今天在路上碰到你们老师了。你们的班长是不是收到了一封情书？"

"嗯。"我点点头，像个做了错事的孩子。

“你看你们这些孩子啊，不好好读书，专做这些没用的事。小凝，你可要好好学习，妈妈最反感你和男生接触了。”

我乖乖地应着。妈妈这才走开了我的房间。

这天晚上，我又得熬夜来应付班主任的检讨书了，写着写着，我就不知不觉睡着了。梦里，我看到我自己哭着站在升旗台上，校长抓着满满一沓罗杰写给我的信，对操场上黑压压的人群愤怒地叫道：“你们看，就是这个不害臊的女生，居然和隔壁学校的男生通信。”然后我看到妈妈在台下失望地看着我，唉声叹气。

笔落在了地上，“砰。”

我一下子惊醒了。摸摸脸，湿漉漉的全是眼泪。

三

半期考终于结束了。

这一次我觉得自己发挥得不错，多亏了罗杰寄给我的题目，好几道题型都差不多，我第一次做起数学来这么胸有成竹。

果然，这次我冲进了班级前十，排在了第六的位置。

班主任执意让我在讲台上说些话，告诉大家有没有什么学习上的秘诀。我支支吾吾了半天，才吞吞吐吐地胡扯了一些什么勤奋啊，多下工夫之类的话，班主任一点头，我就逃也似地回到座位上。

接着，她又很随意似的提到了某些同学的成绩落下了不少，希望以后抓紧赶上。

虽然她没说出名字，但任何人都知道，她指的就是陈茗。陈茗这次从稳稳的第一落到了第 7 位，排在我之后。她趴在桌子上，拼命用手抹着眼睛。

我忍不住为她感到惋惜。

这一天，我又收到了罗杰的信。这回，他没有寄任何题目来。

他在信里说：“半期考考得怎么样？有进步可要请我吃饭啊。好不容易挨过了考试，稍微放松一下吧，这次就不寄题目了。还记得我给你提起的那个‘秘地百合’的传说吗？我知道了那座山的确切位置，这个周末我们一起去吧。周六上午 8 点在你学校门口碰面，可以吗？回信时告诉我。”

我的心一下子忐忑不安起来：上了初中以后，我就再也没有和男生出门玩过，这次还是单独的两个人。究竟该不该去呢？

半期考刚刚结束，放松一下也好，还是去吧。我对自己说，暗自地点了点头，很快写了一封信答复罗杰。

星期六上午，我告诉妈妈，半期考结束了，我和女同学一起出门玩玩，放松一下。

说的时候我特意把“女”字咬得很重。

妈妈微笑着点点，她对我这次的成绩很满意，终于没有再抱怨了。

我满怀期待地穿着运动服早早就出了门，七点半左右就到了校门口。

没想到罗杰已经在那儿等我了。

远远地望见他，我冲他招了招手，说：“你真早啊。”

“你不也是吗？”他调皮地回答，很轻松地笑了起来。他果然一点没变，还是那么令人安心。我的心一下子被喜悦填满了。

他继续说：“其实那座山离这里挺近的。我们现在出发吧。”

我点头答应。

我们沿着一条上坡路走着，拐了几个弯到了山脚下。我从未来过这个地方，却一点也没有感到担忧。我紧紧地跟在罗杰身后，每一步都走得既踏实又放心。

甜甜的草香在森林里漫延，正是绿意盎然的时候，身边的树木，脚下的花草都葱绿葱绿的，仿佛一掐就能渗出汁水来。鸟儿在密林间婉转鸣啼，一声声仿佛清晨的露珠，饱满而清新。

我们不急不缓地在山路上行走，累了就休息一下，喝点水，又继续向上攀登。

一路上我们几乎都没有开口，似乎语言在此刻已经是多余的了。

终于登上山顶了，我们分别倚在山顶上的两棵树上喘着气。

休憩片刻后，我们绕到山的另一边，放眼望去，满眼的绿色，和另一边的繁华街市是截然不同的景象。

就在不远处连着的一个小山坡上，我们看到了一片柔和的白色。

“啊，在那里！”我们几乎同时叫道，一同朝前方飞奔而去。

就在眼前了，那片盛开着百合花的秘地。就在这里，山路上突然出现了一道坎，另一边是一道斜斜的陡坡在向山下延伸。罗杰很是轻松地大步跨过去了，我却始终不敢迈开脚。

“我拉你过去吧。”罗杰说着，冲我伸出了手。

我迟疑了一下，一把抓住他的手，大胆地迈开了步伐。

罗杰的手很大，很有力气。

终于过来了，我们用尽最后的一点力气朝百合花海跑去。

那温柔的白色在绿色的地毯上随风摇曳着，花瓣晶莹剔透，简朴而高雅。花朵散发着一股甜甜的芬芳，我们不由地一头醉入这诱人的清凉之中。

“太美了。”

“就像画中的一样。”

我们不住地感叹着，这样如诗如画的景色现实中居然真的存在。

回去的时候，又经过那道坎，这次我毫不犹豫地握住罗杰的手，跨了过去。

我们从山上下来了，从那个梦幻般的世界回到了现实中。正当我们说笑着，赞美着那片不可思议的百合秘地，我看到了我妈妈和我的班主任。

四

这神奇的一天的结局是，我被妈妈抓回了家。

原来在我出门以后，妈妈在我的房间里打扫卫生，发现了抽屉里所有罗杰寄给我的信，还看到了我没有收好的，罗杰邀我出来玩的那封信。她马上打电话给我的班主任，然后就焦急地出来找我了。

妈妈绘声绘色地冲我描绘了她这一天究竟有多着急，多辛苦以后，终于停了下来，由班主任来厉声询问我。

不论她们怎么认为，我一直重复着：我和罗杰之间真的是纯粹的友谊，别无其他。

最后我几乎声嘶力竭了，她们还是没有听进我说的任何一个字。我对大人们的想法真的不了解，为什么简单的一件事，他们偏要想得如此复杂。

这天以后，由于妈妈的关系，班主任没有在同学面前提起我的“丑事”，让我写了三千字检讨后勉强作罢。

妈妈则每天到学校接送我。我像是一只宠物，被他们关在笼子里，任之摆布。

面对这一切，我始终保持沉默。

只是，我再也没收到罗杰的信了，这让我感到很不安。

对不起，罗杰。我在心底不断地重复这句话，却忍不住地愧疚。

一天，我去年段室补交作业时，看到了班主任抽屉里几封白色的信，最普通却又最熟悉的那种信封，上面干净有力的连体字曾经是我最期待见到的。

最后，我补交了作业，什么也没有拿，默默地回了教室。

当妈妈对我的管教稍稍放松了时，我又独自一人去了一次那座隐藏着秘地百合的山，但是任我怎么寻找，却再也找不到那片神秘的，迷人的百合花了。

我总是梦到，在那片百合花里，罗杰像往常那样冲我微笑着。我期待着，终有一天，我和罗杰会在那片秘地里再次相遇。

但是，那要到什么时候呢?

（作者简介见《古董小姐的帽子》一文）

季末温存

◎文/边十三

十月末的凉意很快地席卷了整个北方小城，只是阳光却依旧是耀眼的明媚，偶尔会用手指挡住眼睛小心翼翼地看着太阳顺着手指透过的光，这个时候，才会真切地感到暖。

那个时候学校的假山开始荒凉，池塘里也再没有水，有一些考试卷子就被扔在干涸的池塘里。我把书抱在胸前，穿着中规中矩的校服在教室和宿舍之间来回穿梭。做题，记笔记，听歌，走神。简单到不能再简单的生活。

后来我们在一起，晚自习他等在校门口接我。然后习惯了放纵，放肆。逃掉所有可以逃的课程，像一个疯狂的越狱者。为了墙外的自由，已经开始不顾一切。

我不去上课的日子里，要么就在街上闲逛，要么就随着他上山。我总是坐在车里后排右侧的靠窗位置，他不开车的时候就坐在我旁边，握着我的手，有时候也会躺在我的腿上睡觉。我不吵，就把手随意地搭在他身上，然后带上耳机开始听歌，目光随着窗外的风景流转。我喜欢看窗外流动的风景，一幕一幕，像是随着章节流失的戏份。不可追随。

枯黄色的苇子细长，一片一片地生长。偶尔赶上一阵风吹过的时候，就随着风缓缓地荡，我看着，就会生出一种莫名其妙的情愫，带着点儿伤感，还带着点儿欢喜。我喜欢看苇子，最好是荒乱无序生长的苇子。

就像是我为了他而起的缠绵的思绪。

田地中央还有稻草人，干草凌乱地纠缠成它的身体。我只是远远地看，不靠近。我想，不管我来还是去，也不管有多少人来去，它都一直在这里。孤单的，无望的坚守着。或许，它自己都已经不知道自己在守着什么，只是习惯。

就像，我也习惯了，习惯了握着他的手。细细地把我们掌心的纹络对在一起，他的手很大，比我的大了一节多。手掌宽厚，握着很踏实。于是，我们之间的一切都成了如此简单而又顺理成章的事情。

车停下的时候，我会下车摘几根狗尾草。这时候的狗尾草已经转黄，草粒也扑落落地掉下来，梗很脆，一折就断掉了。不堪一击。我闭上眼努力地嗅着远处炊烟的味道，那种熟悉的感觉残存在记忆中，好像已经经过了几个世纪一样，可明明却是我回头就能记起的东西。

我想，只是我离开那里太久了，也离开过去太久了。

黄泥土房，高处的烟囱，还有不高不低的门坎儿。都是残存在久远记忆中的东西，仿佛触目可及，却又是影影绰绰的不真实。不是我想抛弃，不是我想忘记，是时光，逼着我一步一步远离了那个地方。我想停留，却无力而为。

挂在墙上的一本日历从厚变薄，年迈的老人扶着门框，站在门坎内侧，佝偻着身子，遥遥张望，望眼欲穿，最后却只余一抹凄凉。脸上的沟壑纵横，还夹杂着黄土，可这些却都是对漂泊者的记挂。

落叶归根。是谁说，要衣锦还乡。还记得么。

我在车里靠着他，仰望泥土之上的天空。阳光铺满一层，淡淡的云絮慢慢被吹散，我眯着眼，轻轻地笑。

这样的时间和味道会让我想起麦田。是那种在阳光下金黄色的麦田，密密麻麻，我在里面穿梭，然后就沾了一身的麦香。麦穗很重，麦秆弯腰。有那么一种欢愉在我身体里跳跃。

麦收后,还有残留的麦粒。落在泥土上,一片狼藉。空空旷旷的土地，视线所望都是一马平川，除了苍凉还是苍凉。与之前的丰腴已经形成了鲜明对比。

某天凌晨两点。我和他争吵，我不会对他大吵大闹，只是倔强的沉默，然后我看着他穿上外套，拿上手机，摔门而出。我还是不说话，也不哭泣。不断地深呼吸，然后按出号码，拨出电话。平和的语气。

回来之后，他坐在床边，看着手机。我看着他，手机的光把他的脸映得发白。没人去开灯。我的牙齿落在他的手臂上，成了一圈记忆，有血迹微微渗出。开出红色的小花。

争执过后，我们都已经疲惫。他躺在床上开始睡觉，我抱着双膝拿着遥控器看电视。

他闭着眼睛淡淡地说,睡吧。我摇摇头。然后他起来给我盖上被子，于是我的眼泪就被他生生地逼了出来。

不再争吵。他握着我的手很快安睡，我抽出手走到窗边，拉开窗帘看着外面的霓虹。点缀得那么漂亮。

我总是沉迷在繁华的灯光中。或红或紫，或昏暗或明亮，我都深深地爱着霓虹。这算是一种情结么，看见霓虹的时候我能感觉到身体里有什么在翻涌。路灯的周围有光晕，淡淡的，却也能看得清清楚楚。

他很快惊醒，然后拉过我紧紧地揽进怀里。给我盖好被子，说好好睡觉。我知道我在他眼里是个孩子，他也一直都把我当做一个孩子。之后我枕着他的手臂，很快入睡。

十二月份时下了几场雪，晚上在 KTV 出来的时候，路面就铺上了薄薄的一层雪，脚印清晰地印在地上。呵气成雾，迷离了整个世界。我说多好，你看多好。外表的单纯掩饰了沾染的尘土。

几天之后，开车到山村里面，那里积雪很深。我用塑料瓶子盛满了雪，跟在他身后踏着他的脚印，挥手用力地扬着瓶子，瓶口喷出的雪粒挥挥洒洒，我很放肆地笑，我记得他说，你就是小孩子。我不反驳他，看着漫山的白色兴奋得不能自已。

回去的路上他的同伴指给我看山上的羊群，我还伸手去数到底有几只，羊群还映着积雪，倒是有点顺色的意思了。

到了路窄的地方，我就随着他步行走进去。雪已经发硬，踏上去没有初雪时候的软和，却还听得到“咯吱咯吱”的响声，雪很厚，路中央有车辙。我走在最前面，周围有很多树，树下的雪没有脚印，平如镜面。走出了很远之后，地面已经没了积雪，只是很细的黄土，有种小沙漠的错觉。有棵树上有很小很小的果子，微酸，还有些硬，我折了枝树杈。边走边吃。

回去的时候已经下午五点，天色呈现咖啡色。我有轻微的夜盲症，他替我拿过左手里的树杈，然后把我的手牵起来，连同他的手一起放进他的上衣兜里。随后星星一颗接一颗地冒出来，天色完全暗下来的时候我们已经回到车里。坐在车里才真正觉得冷，我靠在他肩膀上睡着了。

到县城的时候我醒过来，看着路灯，说冷。

我不喜欢冬，尤其是北方的冬。我畏寒，却喜欢下雪，也喜欢下雨。很小很小的时候，我住在破旧的房子里，坐在土炕上，头倚着窗台，看外面的雨落成帘。然后顺着门口一条土路流走，转晴的时候，土路上已经是一片泥泞。有时候能看见彩虹就会兴奋，小孩子的情绪很容易被触动。单纯而简单。

很久之前，我是生活在童话里的姑娘。

一直站在城堡的花园里等待骑士，那里有玫瑰花瓣铺成的路，瞳孔里有星星在闪烁。有花藤架起的秋千，伸手就能碰到天，有檀木架起的阁楼，爬上去就成了天堂。然后就等着有人会许诺给我一世长安，不会允许我颠沛流离。可现实刚刚触碰到美梦，泡泡就破碎。

于是所有的幻想都已经支离破碎。

陪着他参加他朋友的婚礼，新娘很漂亮，白婚纱，红旗袍。新房子的每个卧室都挂着结婚照，我一个一个仔细地看。我想到了我结婚的时候，要有牧师，有教堂，对着神圣的主宣誓，无论贫穷困苦，无论生老病死都在一起。

就像合欢树。

晚上一起闹洞房，闹到最后，算上新郎新娘只剩下我们六个人。我坐在沙发上，他坐在我左边，一起拆红包，像是一对守财奴。

吃饭的时候有人敬酒，叫我嫂子，我说谢谢。新郎新娘也过来满酒，我笑着说执子之手，与子偕老。

死生契阔，与子成说。

可或许，我和他只是彼此路过的风景，那是谁都留不住的宿命。年龄也好，身份也好，或者是阅历，我和他不是平行线，而是始终都不在一个平面上。

他在外喝酒，我就坐在右边给他倒茶水。某天凌晨三点散场，他牵着我的手压马路，路灯早就灭了。行人很少，红绿灯还执着地亮着，他吐出的酒精的气息弥漫了我整个嗅觉。我不讨厌酒精的味道，还会让我有些兴奋。然后听着他语无伦次地说话。

回去之后有时候会吐，还会吐血。我从开始的恐惧到最后的习惯，我想，就像我们一起走过的这段路，从新鲜感到无所谓。

过去了很久，这些都过了很久。在冬季快要过去的时候，我还记得这么多，温暖的过冬，温暖的怀念。

现在还有一丝温存。留给我。

（作者简介见《火蝴蝶》一文）

你是我的创可贴

◎文/胡正隆

一

突然想起，之前，我告诉你，我的 QQ 里面，分组的时候，有一组叫做“友”。就这么一个字，我始终让它里面保持在十九个人。简洁并有些生硬。你问我,有我么。我说，你觉得呢?

你咧开嘴。笑得很阴，说，那肯定啊。

我不知道你的自信来源于何处，还是说，你从一开始就知道，我没有朋友，至少，我在这个让我觉得完全不靠谱甚至让我徒生恨意的班级里，我没有朋友。

所以说，你答对了。

或者说，你蒙对了。

但，我不觉得你的自信之中，没有掺杂一丝心虚的成分。

毕竟，我们认识的时间，呵呵，能有多久呢?

二

应该从高二分班开始吧，你和我被分在一个班。班主任是谁来着? 张旭? 老陈? 还是现在这个让我无比厌恶的张跃? 我想不起来了，管他是谁，爱谁谁谁。

你的名字里有个“俊”字，让我不禁想，难道名字和长相有关联么。人家不都是说，要把名字起得贱一些才好么？比如狗娃、狗蛋什么的……

嗯，勉为其难，我必须得说，你长得真的还算是帅。我不喜欢随便评论一个人的长相，特别是男生，特别是你。你那么自恋，不夸你的时候，你就喜欢有事没事把“人家都说我是我们学校唯一一个长相能看的人”这句那么臭屁自恋的话，挂在嘴边。如果我继续夸你，你自恋的尺度会达到什么地步，这真的不好说。

三

我不知道怎么形容你，浓眉大眼？奶油小生？日系帅哥？还是其他什么，反正不招人讨厌。那时候，你跟我们班，或者说是我们整个级部的富二代胖子在一起玩，那叫一个形影不离啊。天天一起上学，一起吃饭，一起回家，一起挥霍，一起奢侈。

同时，让我萌生了一点点小嫉妒。

和你，也玩过一段时间。

一个人和一个人玩到底是出于什么意愿，鬼才知道。可能是无聊，可能是寂寞。也可能是用来打发打发时间而已。这个问题我曾经问过我的兄弟流氓 。他给我的答案就是“看着顺眼了呗”。我觉得这个答案很精准。

就是看着顺眼，就像我之前说的，你看上去不会让人觉得讨厌。

四

现在想想。吃过一顿饭，走过一段路，说过一些话，开过几句玩笑，算不算曾经玩过呢。谁又能来给我一个定义？

而我一度用时间来衡量我于一个人的关系。“我和他已经玩了两年

多了”、“我和她小学就认识了”是不是一个错误呢?

认识没多久，我便以生日的名义，提前两个月向你透支了两本安妮宝贝的书。事实上我们当时并不熟络，我纯属死不要脸地讹诈索要。而拿到书以后，当时的第一感觉就是：这孩子还真的给我买了。

后来我也曾跑遍这个小县城，不顾什么男生的面子，帮你在各个女生必逛的店铺里，物色一件合适你女朋友穿的衣服。

再后来的后来，好像就没什么记忆了。我们没有争吵，没有矛盾，没有什么交流。也就没了联系。

像水一样，漫不经心地流过手心，轻描淡写地划过掌纹，然后，便没了痕迹。仿佛从未出现过。

水的冰冷，若有若无地残余一些在纹路之中，提醒我，有人曾经过。经过而已。

五

又一个夏天轰轰隆隆地伴着一场雷阵雨倾泻而至，夏天过后，便是万恶的高三。我想都没想就拐进了一条看上去很轻松但其实更为曲折的路。我选择了艺考。我们相背而驰。

这样，在街上遇到的时候，仅仅眼睛一扫而过便可，不需要笑脸相迎，更没有必要唏嘘寒暄。形同陌路，或者说，已经沦为陌客。

有点怪怪的，又好像顺其自然，没什么不妥。

不知道那个时候的你，想挽回过什么？或许觉得无所谓吧。

曾经翻着那两本安妮的书，想，该没什么交集了吧。

也曾一度怀疑，故事该结束了吧。

然而，故事依旧未完待续。

我突然发现，我总是低估了神的想象力。

现在才恍然大悟，会不会晚了点?

六

兵荒马乱的艺考结束，我依旧要回到学校学习文化课，不管你愿意也好，不愿意也好，你想上大学，就得这么干。

抗议?

呵，抗议无效。

我突然发现这就是现实对我们赤裸裸的挑衅，换句话说，赤裸裸的调戏。

我们总是被动地被玩弄，就像是姨太太千辛万苦转了正，可还是伺候老爷的命，万一命不好还有那个老不死的婆婆没事使个脸色给你瞧瞧。

当家作主掌控权力的，永远不是你自己。

一年多没有上过文化课，你可以想象一下那是什么感觉。

别人上课听得津津有味，你听得好像天书一样不知所云。一张百分制的试卷，你考的分数乘以三都难以及格。你好不容易拉下脸皮，低声下气地拿着试卷问别人“这题怎么做”时，得到的答案大多是“这题那么简单你竟然不会做?”或者“这个我解释不清，你自己回去翻一翻书就知道了”。

还有某些老师对艺术生的那种轻蔑的眼神和不屑一顾的表情。

什么?没经历过?你体会不到?

那好，那我就直接告诉你，那种感觉就是四个字。生不如死。

七

好像每个学校每个班级都有个不成文的规定，成绩差的同学都在教室的后排坐，这其中的潜台词是：你们想怎么折腾就怎么折腾，反正学校又不指望你们争光，班主任也不指望你们给他赢取年终奖金。只要不要影响那些成绩优良的同学学习就可以了。

可笑的是，这个班第一名的成绩是三百七十多分。二百多分的大有人在，遍地开花。换句话说，七百五十分的高考模拟试卷，你只要考到三百八十分，就是我们班的最高分啦。

可想而知，我们艺术生是如何占领了教室后排的领域，称王称霸。

也许是我自视清高，我受不了后面吵吵闹闹的气氛，和班主任说了一声，就弄了张小桌子，夹置在教室两列课桌的中间，讲桌的正前方，你的左边。

你看到我之后的第一句话是：

“谁叫你过来坐的啊，你从哪来回哪去吧？”

我心里憋着一口气，当时那个叫做“恨”啊。

巴不得你给我滚得远一点，再远一点。

我不喜欢那种语调那种情景那种气氛那种字眼。因为我曾身临其中。对我来说，那是一种耻辱，而你，再度将那种耻辱毫无保留地砸在我的脸上。

可是你不知道。

我转过脸，不吱声。

八

就这样，我们成了同桌。你有一种不情愿的味道。

你每天睡醒觉之后，都会怨气缠身，一脸的受气样。那个时候的你，是绝对不能碰的，脾气大的呀，就像一枚炸弹，逮谁炸谁。

你没事就爱摆弄你的诺基亚 5300，看电视偶像连续剧，或者听听从 QQ 音乐里下载的小曲，歌曲标签为“伤感”或是“想哭时”。

你每日和远在武汉的女朋友联系。喜欢把“老婆”以及“俺对象”这样的字眼挂在嘴边，每日都为移动公司做出了无私的贡献。挂电话之前，总要对着手机和她“么么”地亲上两口。这是对于我这个钻石单身汉赤裸裸的挑衅。显摆个屁啊你。

我也不知道怎么又玩到了一起，这么说来很轻浮。没有什么理由，没有发生什么特别的事情。只是，突然有一天发现，彼此自然而然地又可以一起笑。仿佛回到很久很久以前。

我有些不解。

你的交际圈子很广泛，用你的话来说，就是“我也不知道，为什么和谁都能玩得到一起”。我想笑，因为我不知道为什么我和谁都玩不到一起。

或许我知道，只不过，装不知道而已。人，天生就是一种善于编织谎言的生物，如同蜘蛛布网。

我是个极度没有安全感的人。我也不知道我的无助来源于何处。

你会看我心情不爽的时候，逗我，撩我。试图让我开心。

你会陪我喝酒，当然，你只是陪。而我一瓶接着一瓶灌着五十六度的二锅头。你说:“这二锅头是假的吧，不然你怎么像喝水似的。”

你会在我没吃饭的时候带点零食给我，或者打电话叫你的朋友从学校外面捎点什么回来，即使你的朋友什么也没带，我也觉得你能这么做，我已经很满足了。

你会很大牌很臭屁地用各种拙劣的借口推辞我的邀请，我信誓旦旦地想:我以后再也不请你吃饭了，太不给面子了。

你发的短信说得最多的话就是“其实没什么大不了的”“别乱想什么了”或者“不说了，我学习了”“不说了，我睡觉了”。

而当你对我说“永远”，你对我说“朋友”的时候。

我慌了，这两个东西，我从很久之前便不再相信，取而代之的是我相信这个世界上没有“永远”，没有什么是一成不变的，“永远”之后添缀的任何词语，我都觉得是谎言。而“朋友”，也因为太多次的被背叛被出卖被抛弃，我已心灰意冷。

心灰意冷，你懂么?

九

你的朋友很多，我一直坚信友谊感情这类的东西，就像一枚蛋糕，

分享的人越多，我得到的就越少。你的广交博爱让我觉得无比的没有安全感，我知道，假设我认定一个人当朋友，那么我就不会随意地放开。那么你呢，你是不是觉得少了一个不嫌少，多了一个不嫌多，反正替补人员多了去了。

而，你和我？在短短的两个月之后，高考结束之后，是不是还是像以前那样，形同陌路？

谁知道？

可我还是相信了，相信你了。

说不出为什么。

曾经有人问我，你觉得一个人的心是软一点好，还是硬一点好？

我答，软一点的好。

他说，你的心经不起一点点针刺和刀割，哪怕一点点的小伤害，也会痛得死去活来。

我问，那硬一点的呢？

他说，等你的心，一次次地被伤过，就会渐渐变得坚硬起来，那个时候，就不怕外界的针刺刀割了。但是经不起摔打，一摔，就碎了。

我也曾想过，干脆不要在一起玩了。

免得到时候，散伙的时候，还会怀念，还会舍不得。

免得到时候，我被轻轻一摔，碎裂一地。

免得到时候，无法修补。

十

记得这首歌的歌词么：

一个人的时候　在陌生的街头

抬头看着繁星夜垂的天空

I know I know

地球另一端有你陪我

谢谢你鼓励我 勇气是你给我
让我迈开脚步一起往前走
I know I know
你是我的 OK 绷
在每一个时候
一直陪着我

我还是相信了，相信你了。

谢谢你带给我的细碎的小温暖。

胡正隆，朋友善称小隆，善变。善交友。近视。小眼睛，单眼皮，牙齿整齐。钟爱柠檬。迷恋手指在书页上滑动的触感。（获第十一届新概念作文大赛二等奖，第十四届新概念作文大赛一等奖）

孤岛

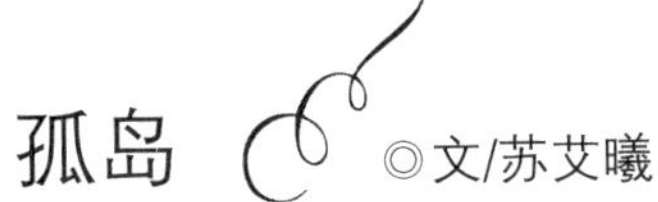

◎文/苏艾曦

一

暮色四合，她站在荒草丛生的园地，睫毛上沾满了雾水。伸出手擦掉眼角的雾水，衣襟起起伏伏，撩起数个碎片，颜色华丽却不灿烂。微风拂过，有芦苇烧焦的味道。

她依旧没有改变，遇到那种人山人海的潮流总会落荒而逃。她怕的不是孤单，而是那种被年华抛弃的失落感。她一边走，一边用一张薄薄的卫生纸擦掉鞋上的污渍，明知是擦不干净的却不知为何如此固执。手中的卫生纸开始潮湿，分不清是手心的汗水还是雾水。

她想着天黑了，父母会不会在乎她，会不会担心她。她想，或许这种存在感早已咫尺天涯。明明会挨骂，明明知道自己很懦弱，却固执地想打破父母那道矮浅的底线。矛盾的世界里，她不断地拉扯着自己。心里暗想世界在逐渐缩小，而她却在无边际地膨胀，膨胀到快要决裂时，她开始脱离这个轨道，脱离这浑浑噩噩的世界。从此人声渐冉，时光不在。

二

七点是最后一班车。她在站牌前踱来踱去，眼神流离。

恍若世界不在，怎样的心情和神情并未因地点环境的改变而改变。没有时间概念没有情节概念，却始终难以忘怀不可名状的失落感。失落感的根源她从未寻见。只是一日翻开一本书，某句话使自己出现突兀的难以泯灭的情绪，像是歇斯底里的呼喊。窗外的风拂动面前的纸张，那句话就这样印在自己的脑海里。一字一字，排列有序，按照正确的语法，在脑海里不断涌现。

公交车停在面前。玻璃门泛着光泽，瞬间被打开，机械一样踏上木质的踏板。

前进，一步，两步，三步，左转，靠窗户的第二个位置。熟悉的座位，从这个角度看到的风景依然，这里的味道总是勾起曾经的一切回忆与场面。

窗外空气稀薄。抹去车窗上的灰尘，刹那间一个身影逐渐清晰。浅蓝色的衬衫，是曾经一直难以忘记的。他的倒影印在墨褐色的瞳孔里难以湮灭。默默垂泪，没有人会明白，没有人会在意。记忆依旧，情景搁浅。摘下一只耳机，背面写着 left，伸出手触摸着它，质地坚硬。眼泪一滴一滴地落下，质地应是柔软。

默默流泪转而轻轻抽泣。关于他的回忆，只能靠心中的笔来勾画。而他关于自己的想法与记忆，亦是靠想象来建立和定义。她想起那个少年，站在梧桐树下，落英缤纷。少年唤着她的名字，她喊着马上好。而自己却侧着身，站在他看不到的地方，静静凝望。凝望着那个浅蓝色的衬衫，想象着他的想法，脑海里定格着未来不曾相见的相见。

阳光倾泻，世界变得流光溢彩。抬头，白光泛滥如海，而伊不在。

穿着红色百褶裙的少女走向少年，是同桌告诉她的那是他的女友。不知是绯闻还是真实，可是那已经不重要了，那真的不重要了。她这样暗示自己，扣紧了背包，小手紧紧地挤压洇出了汗水。勇气，不知何时使自己变得如此强大。开门，碰门，不再凝望。

站在阶梯上，楼道里的喧嚣至此停留，空气凝重。

“我们一起去找班主任商量艺术节的事情吧。”少年微笑。他终于和自己开口说话了，却没有应有的喜悦。

继续缄默。一步，两步，三步。如果奔跑需要多少秒才能到达。只是一瞬间，她推开了他，落荒而逃。自始至终，没有一句话，她期待了多久的情景，却就这样莫名其妙地收了场。擦肩而过时，她觉得全世界都停止运转。而她在意的那一瞬间，他是否亦在意。

内心的幽灵在流光里绝唱。

是什么时候开始流泪的她不知道。扶着梧桐树哇地哭出来，呕吐与眼泪并存。

许给自己一城奈落，站在炙热的边缘。记忆开始血肉模糊。

三

回家后，母亲端出热气腾腾的饭菜。

父亲和母亲交谈着，并未注意到自己的存在。

父亲抽着十块钱一盒的红旗渠，母亲说了句什么，父亲微笑着点点头。她坐在二人的对面，捧着稀饭用筷子胡乱搅拌着，电视机喧嚣着并未有人注意。

“吃菜吃菜。”母亲微笑着将菜推到她面前。在她的世界里，母亲没有微笑，可是这样突兀的画面她却低着头未看见。

缄默。依旧搅拌着手中的稀饭。

仿佛停止运作，父亲吸了一口烟却不敢吐出，母亲惊愕地看着她。刘海掩盖着她的面部表情。

沉默了数秒，父亲不自然地转移了话题。父亲继续说着，抽着烟，而母亲却不再微笑。偶尔瞥一眼自己的女儿，而女儿始终是不动声色地干着自己的事情。

“别搅饭了，饭屑都沉淀了，快吃菜。”听不进父亲的话，母亲终于难以按捺自己的情绪，语气里掺杂着些许情绪。过后发现似乎这样是错误的。“还有馒头。”母亲感觉到了自己的情绪在爆发，转而用温柔的语气说了句，推了推桌子上花白的馒头。

女孩依旧沉默。而窗外，明朗的灯光铺满在各家各户，暖光映衬着墨蓝色的世界。

父亲使了一个眼色给正在愤怒的母亲。

“我吃饱了。”女孩推开了座椅，朝着自己的房间走去。

“我看她就是有病，过两天就去找个心理医生，整天死气沉沉地，我都快成神经病了。”母亲难以忍耐，胸口起伏着怒气。父亲打了个手势让母亲不再说下去。

门是虚掩着的，她坐在书桌前。听着这话时，她正在摆弄桌前的玻璃花。她想起这是小学时候送给妈妈的生日礼物，可却在几天前她发现了它，是在客厅的某个角落。它躺在那里，灰尘落满了玻璃花。她想用手拂去上面的灰尘，却发现那灰尘已印在上面，好似是玻璃里的污渍，抹不去。翻了一个面，女孩发现玻璃花碎了一个花瓣，玻璃残渣如她的伤感般在心中蔓延。

昏暗的灯光下她小心翼翼地摆弄着玻璃花。她想起自己过早夭折的爱情，想起这样支离破碎的亲情。她第一时间想到了死，这世间还有什么东西值得留恋呢。摇了摇头，这样死是不是太懦弱了。她用尽所有力气想要抹去玻璃花上的污渍，直到大拇指泛了红。

不知是疼痛还是心痛，她落了泪。眼泪滴在纸上洇出一朵透明的花。

一整晚她想了很多，是不是只有自己对自己最珍贵。紧紧握着手里的玻璃花，这朵没有脉络没有生命的花成了爱的墓碑。

四

记忆意犹未尽地回望，回望着时间裂缝里的暖光。

七月，繁花绿叶驻足停留。

她将裙摆扶正，玻璃镜上沾满了雾水。她用卫生纸擦掉雾渍，深

吸了一口气。头发有些凌乱，她将碎发收拢一并撇在耳后。侧着身，望了望镜中的自己，恍若间，如同看着一副肥皂剧，这是自己演绎的肥皂剧，不精彩却不失色彩。

“诶，是你啊。”她看到镜中身旁的女生瞥了自己一眼。这女生她记得，是一个非常具备喜剧色彩的角色。开学的第一天此女生穿着白色的棉衬衫，白色如同透明，深色的文胸十分突兀，烫的是当时最流行的刘海，卖相极佳的女生在男生面前发嗲。

点点头。正要转身时，女生叫住了她。

“下次考试,要谁帮你发答案呢？记得帮我发答案喔。”女生笑了笑。

“什么发答案？”她不解。

“这次你不是考得很好嘛，别人帮助你，你也要帮助别人来做回报啊。”

紧紧握住手中的卫生纸。沾满水的卫生纸，在手中挤压着，水滴顺着指尖的缝隙流出。哒，哒，哒地落在地板上。

“作弊就作弊呗，有什么不承认的。”女生得意洋洋地笑。

她将手中的物体狠狠地摔在了水池上。

她想不出什么理由来解释这种误会。走到课桌前，翻阅着试卷。女生明明知道自己努力学习赚来的结果，却这样明目张胆地污蔑。或许是嫉妒，莫名其妙的嫉妒。

“真脏。”她说。

排列整齐的书本，她不知在翻着什么玩意儿。亦或许她在做什么都不清楚，她失去了理智与原则，在面积不大的课桌内寻找。在找什么连自己都不知道，寻不到，没有结果后她愣在那里。窗外的风呼啸而过，吹过面前的书本，翻动的纸张纷乱了人眼。

没有眼泪没有争执只剩沉默。

仿佛是一座孤岛，在心中喑生出来。

一个并不张扬的女生路过她时，撞翻了她木桌上的书本，抬起头，狠狠地瞪了她一眼。

空气凝重，女生不知所措。在女生的印象里，她是一个并不爱说话，却善良的英语课代表。老师抽查作业时，她总会对老师说谎来掩盖事实。可是这样的变化，使女生难以理解。一瞬间，时间定格在这一尴尬的瞬间。

"对……对不起。"面对着这样犀利的眼神，女生小心翼翼地说，不敢抬头看她。

女生将作业本归拢，准备重新放回木桌上时——

"放开，别动，动坏了你赔不起！"女生的未开发能量是不能言喻的，在不可触及的时刻爆发总是可能的。

女生太紧张，在将作业本放到桌子上时，两个本子滑落了。

"都说了让你放下你怎么还没放下?！"她得寸进尺，上前夺去了女生手里的作业本。

女生眼圈红了些许，转身跑远了。

她怔在那里，为自己刚才的所作所为而困惑，原来自己真的是……不善良啊。

五

十一月的北方普遍降温。

学校组织一次出国留学选拔赛，每个年级只选出一名英文好的学生。在班里，少年和她是最有希望晋级的。女生听说以前有位学姐留学后就在美国生活了很久，混出了些名堂。这次机会相对二人来说是无比重要的。还有一个星期就要考试了，她每天都在节省时间发奋读书。不管是去往学校的路上，还是在餐厅，女生都会捧着书，刘海盖着脸默声读书。最后一个夜晚女生呆在书桌前。昏暗的灯光下，书本一摞摞堆在了面前。

I just can’t believe your gone.

她轻声哼着她最喜欢的英文歌。她想要放弃这次机会，每当她想起有着落寞的背影的少年，穿着浅蓝色的衬衫的少年，将头埋在深深的书海里的少年时，女生的心都会紧紧的。

手指晃动了两下，手中的笔转动着。女生突然想，也许和少年之间将要咫尺天涯的时候，趴在了书本上落了泪，毫无征兆地。眼泪落在纸上时聚成了一点圆，顺着纸张的脉络无限延伸，洇出了一朵花。

可是，这样的爱，在未来的某一天将会被湮灭。

在考场，女生突然发现自己的笔没有墨水了。问少年借了一支中性笔，如果问二人直接是否有交集，恐怕这是唯一的。明媚的日光从棕榈树的隙间射下来，照射在笔杆上泛着炫目的光泽。

或许你不知，这是最后的祭念。

六

当她被监考老师莫名其妙地拉出去之后，她打开了那张塞在笔杆里的纸条。

她始终难以想象男生的目的。只是在大脑搁浅了数分钟后，她看到一行强劲的大鸟挥动着翅膀，没有组织地疾速飞向对面的教堂。她站在走廊内，看着身边路过的老师对自己指指点点，只是漠然。这样强势的女生在这样没有征兆没有预告的情节面前只剩漠然。或许这是一个卑鄙的手法达到最终目的，可是她不相信他会使出这种卑劣的手段。

她不再流泪，那是懦弱的表现。

老师将她和他叫到办公室时。他将并非事实的事实一一告诉老师。这样平稳的语调果真是陈述一件事实吗?

她什么也听不进去，只是大概知道老师说什么很注重自己，觉得自己是这样的苗子，却伤了老师的心之类的。

“可是……真……真的不是我……他借给我这根笔时里边就有这张纸了……”她看了一眼他，又指了指面前那张写满单词的纸。

老师问男生是不是这样。

她看着他的眼睛，瞳仁里是她遥不可及的光。男生侧着身躲避着女生的目光。带着最后的信任，女生看着他希望他能说出事实，这是最后的机会。

“不是，我借给他之前并没有这张纸。”男生坚定的语气打破了她最初的防线，微微怔住。彻底失望了，从未有过的失重感。

“再说了，如果他想作弊还会把……”老师语重心长。

眼帘前一阵薄雾，她鼓足了勇气，向前一步说，“是我，是我作弊，我很想得到这次机会。”她低着头，声音颤抖，“老师，对不起让您失望了……”

她跑远了。一步，又一步。时光很远，一闪万年。她其实并不想要这次出国的机会，她其实想过要把这次机会让给他，她其实是想考试完后告诉老师她要放弃。

信任、期待、感情等等，就这样被剜出，不留痕迹。

男生拽住了她的手，生疼。“对不起……我……”

“你别碰我，我觉得你好卑鄙……好卑鄙……”女生略带哭腔，甩开了他的手，跑远去了。

也许是年纪还小太不懂事，就像此刻的我们拥有着淡如止水的眸。

她逃跑着，没有敌人追逐称不上逃跑。长街空旷，她等待着日落穿过云层的时候乘上公交车。微风吻干了脸上的泪水，她看到了绝望的框架。

突然，狂风席卷，光鲜亮丽的广告牌在眼前晃过。一辆一辆汽车疾速地穿越在十字路口，宛如穿过自己的内脏，血肉模糊地躺在柏油路上。

一阵晕眩后逐步清晰，她落魄地爬上一辆公交车。不再坐在曾经坐过的位置，那么熟悉，又那么陌生。浑浑噩噩的世界，连空气都在咆哮。

七

五年后的 12 月末，她晃动着轻盈的身体从酒吧里走出。

雪昨日已融化，似乎不曾有过。街道依旧空旷无人，她和几个留着奇形怪异的头发的年轻人在街道上徘徊。车鸣声不断传入耳中。

“走……我们找个地方继续喝！”嘴里充溢着酒味，她肆意地放纵自己。

她从沙发上缓慢地起身，模糊中睁开了眼。烟味、香水味、酒味、不明的味道搀和在一起。红红绿绿的霓灯兀自绽放，渗入每个人的神经。她干咳着，手抚着胸前，被掩埋的平静之后突然一阵狂呕。

我们都是被幕夜所诱拐的人，每次的狂欢后去遗忘些什么，或者根本就不想记忆。我们都是被幕夜宠坏的人，被酒精麻痹着每一根神经，从未迷途知返。这样的消磨没有安慰，在这样的生活下变得不再沉默，之后承受孤独和学会独处。

她感到自己在死亡的边缘游走，那不是普通意义上的死亡，如同孤独的人孤独而死。

她突然掩面哭泣，庞大的恸楚如洪流般迸发。

时间，把青春拉扯得如此仓促。

苏艾曦，真名巩书寒，90 后，生于北方某小城。双重性格，喜欢毫无边际的思考，总是纠结些无关紧要的事物。走在文字的边缘。（获第十四届新概念作文大赛一等奖）

一月倾城

◎文/张晗

一

若我以逝去光阴渡河，囚禁在我自己的雨林中，青蛇在山顶上盘踞，花色的纹路像一个舞者。他吐着粉红的信子，柔软如脚边荡漾着的野花，不急不慢啮噬我手边的花束，哧溜一下子钻到我的脚下，在泥土里碾转。

尔可知我年少的梦潮，在浮云里起起落落，朝霞无光，雨水在慵懒的暮夏说错了话。是夜，冷樱仿佛在窗口叹了口气，那样的淡漠。素日里的月辉落到我的手边编了一串在夜里盈盈发光的手镯。还记得她说，女人本该有几件属于自己的像样的首饰。我在夜里看着这弥漫在大雾里啜泣的月，心想这便是我最美的，最美的时刻是属于夜里的模样：眼角有因疲倦而发着淡冷灰色的晕，嘴唇苍白，脸上打着阴冷如雾的矮光。别人素不知我爱憔悴的美色，我的眼睛看不见流连于心毒、锱铢和针刺里的暗血，长在人的体内如巨大的食人花，显露大大的脓包，流出浓黄的液体，舔去这天地间不可估量的罪恶。

我忠心于天高云淡里的意气风发。就像我愿去一去橘子洲一样。我做过很多的梦，在夜里我是我的城堡里的王后，我是远古高原上的凡家女子，我可以做着劈柴看海的事，我是海神里的女爵，我在宝蓝色的泡沫里挣扎出一个不完整的自己，又潜心于一株紫色小花上的细蛇她的前世今生。

我遇见过全身带着蓝松石的异族女子，她的脖颈与手腕甚至是脚踝串着一环环细碎的蓝松石。在夜里喧闹的市井一个人仰头，周遭不断有人看她对着同伴显露不可思议的表情。但我知道，她尊崇夜下起伏在言语里的宁静，她相信着月，我知道的。

比起心智上的成熟，我更愿意在内心的那个秘密花园里安放一个小女孩。她一定要有圆圆的脸颊，眉心要有颗痣就更好不过了。我夜下的庭院不及李煜的深重，我在斑斑梧桐里望见岁月里我远行的渡口，那里有我故乡的至亲。蓬蓬的芦苇拔出船下清澈的河水，映荡着我的眉头，且看看孤灯下的你，回旋着重重往事激荡起那些夜深的萤火虫，竭尽全力燃烧了身躯，直至最后一指灰烬。我的梦在夜里卧轨，心脏怦怦地跳，眼角不自禁地激起泛泛水花。

我写在夜里的咒文，像偏离了轨道的月，弹出一指的筝曲，划开水面淡淡的弦。尔不同我争辩这时间参差不齐的往事，你只是倚着那棵砍不动的桂树不醉不归。像疾风而驰的火车，在月下浸透久别离的姑娘，面向我的手心，淌下滚烫的岩风。是经谁说，我只想做月亮的新娘。

拿起针线对着丝线交绸的帛缎缝缝补补，拆去流进骨子里的妄言与执迷不悔。在夜里开始另一场梦的狂奔,高跟鞋甩出去,听到“扑通”一声掉进你眼中的河底。

二

我曾在一个女童的鼻梁见到埃菲尔铁塔的映像。在电视里，她纤细的手臂执一封纯白的信，然后冬日的斜阳很自然地与落地窗打了个纽扣，折在女童挺拔的鼻梁上，明晃晃地勾画远方建筑物的影形。

也是在冬日的午后，突然被告知收到一封信，短短的封口对着我。

我忽得想起那场电影里的画面，不由得摸了摸自己的鼻子。我握着信笺，感觉到一行行字在白纸上涌动着一浪一浪地拍打心里那个新奇的海岸，我拿了剪刀毁了它，信头的一端如凋零的生命扑簌而下，里面露出信纸的一角，一张白纸被折了三折的样子。

我向来爱一纸干净而整饬的字。翻开的时候令我欣喜。简单朴素的白纸，黑色遒劲的字一个个跳跃在上面，读来感到蔷薇扑面的温柔舒展，绵延的文字轻轻发出声读，平稳不快，一个一个地念，温存的记忆在这一蓬蓬黑莲中拼显出来，简短的几行诗，淡淡的抒情，未见标点。待见到署名的时候居然是许久未见的老友，或许是有五六年没有见过了。

只不过那时我们还都很小，曾在一起大言不惭地要在未来的江舸帆过的水岸埋头拾取绣在过往的石子。可至今那也仅是在我的梦里找寻的无言结局。

她在纸上写下：走得最急的都是最美的时光，你奈若何？我的心间终于钻出那份黯淡的回忆，藤蔓一样缠绕进去。对啊，她喜欢席慕容。

我拿起那藏在信底的手抄，是《一棵开花的树》。读下第一个字时，寒雁在黄云里穿去，涩涩的冬风拆散了结群的雁儿们，我在窗口的里面，好似望向了一段尘封的夜曲。

这些时光却美得淡去在自身的轨迹里，新旧循环着。我想念着这些古典的方式，即使在我的手中我也仍然怀念它，我目睹过镂花檀木橱子里压着的一封封书信，那泛黄的书信，淡淡的幽香，传颂着古典年代里两颗年轻的心里平凡的真情，相濡以沫的日子里点点滴滴的叙述。没有直接赤裸的爱情，却依旧沉甸甸的。

书信对于很多话语而言，能以这样的方式将情思传递，无异于一个美好浪漫的结局。我厌倦也被动接受世界的高速与冷漠。

朋友说，你有没有发现很多话写在纸上与念在嘴里感觉不一样？写在纸上一个挨一个，永远不紧不慢规整而有序，好像多重的思念也能浸染。

我想回答，是。可我不禁发觉自己很久没有寄过信了。电线的那一段连彼此的呼吸都听得一清二楚，但我越发觉得陌生。据说张兆和特别喜欢外地出差的沈从文，这样她就能收到沈从文的书信了。他唤她“三三”，念在嘴里不禁莞尔。这样的幸福比九十九朵玫瑰似乎更合人心意，这些普普通通的念在嘴里的话在笔下显得真情温暖。

鲤鱼旋舞在水仙之上唱出想念的花，一尾一尾模糊了我的眼。哦——我黄昏之下的故人，谁用细沙侵蚀了你的骨骼承受着美丽的吻？我们是否还能陪伴月辉和繁星夜垂下的徐徐笛声念一声彼此的牵挂，这锦鲤让我难以忘怀，还有那匆忙的汽笛声消失在时光里的万分珍重。

故人。我的故人们。

三

我至于你，已在青春时节里掷地有声地放歌后倏尔迟暮里去了。

你不及一辆匆忙而过的列车，你的眼神疲惫而慵懒，你一天天一遍遍揣摩人潮的涌动：不息奔波的人，衣着光鲜的人，乞衣褴褛的人，风口浪尖的人。无数人在下着雪的夜里眼角泛着家乡温暖的灯火轻声与你说再见，他留下一丁点儿气息和一小撮发丝最后被另一批人完全遮住打磨掉，你的眼角痛了，连看一眼都觉得痛。

有个穿着红色衣服梳着马尾的年轻女孩背着双肩背包宛如踩着鼓点般淌过你年老的脊背，她的包里装着相机，留下一张你与黄昏做伴的照片头也不回地走了。

我看着你，你背对着我对冬日的黄昏说：“朋友，你冷吗。我们依旧孤寂为伴啊。”他也只是笑笑悄然淹没在裂着口子的星夜。其实你不知道，到底哪一个才是朋友。

你见过离家出走的孩童，你见过漂泊在外的青年，你见过衣衫褴褛的耄耋老人，你祝福过为考试、为工作、为求职、为谋生整夜奔波的年轻面孔。但那都不是你，你仍旧盘踞在这郊外的孤灯里发出衰老的叹息，你想留住那个美好的女孩，你却缄默不语。你只是不知道，有时候人像风一样，永远追寻着奔跑的列车，但从不眷恋永驻的你，风永远停泊在你的怀里却一心只想做列车的情人。

你从不懂得责备任何人，无论是多喧嚣与烦躁的夏日午后，你总是俯下满身的阴凉撑起饥渴的旅人。你闭上眼睛默数一群群新鲜的人踏过你干涸的牙床，你无奈地咀嚼着亲人的相思、爱人的低语、父母的不舍。你流下冰凉的泪，终将一站一站继续走。

我经过你时，一直还算年轻，轻得幼稚而狂妄。仅懂得朱自清笔下感人的背影，只惦念那爱意缠绕不绝的蜜桔，只记得父亲的青黑马褂，甚至一提起“背影”，我就自然而然地想起落寞的你，睡思昏沉的你敲碎我痴恋的梦，梦里我是一朵刻着你名字的睡莲。

于是，在我的照片里，仅是千姿百态的你。

父亲问我为何一直缅怀过去的旅行，我说因为你，你总是需要望眼欲穿人们的背影，一直缄默不语，默默流泪。你盘踞在那里既想上前拉住旅人的手又逡巡不定，你的眼神带着光的鳞片期许着他们各自的未来，却最终望着他们的背影消失在梦途的界限。

而你，又多像我日渐衰老的亲人。带着满心的期望站在我人生的起点，在我幼龄时鞭策我偷懒的背影，在我成长时支撑我疲惫的背影，在我登上梦想的台阶，而你仅仅是望着我泛着光的背影蜷缩在远处，心里欲要拉住我麻木的手，反反复复最终沉默地目送我至一个再也见不到你的地方，我带着望远镜，只是你不在了。

我跋涉在沙漠中，看你如清泉冲洗我所有的喜怒哀伤，在我的背后荡起一层层高兴而悲伤的水花。

四

生活中的河流，可以分为两条。一条河充斥着污秽，一条河承载着幸福和安逸。我爱海，但我更心疼河，有时候海更像一个顽皮的孩童，

而河，却是母亲。

我想，生命中最知心的河，是不会用任何形容词来薄奠的，在心里不紧不慢细密地流淌。如流去的万千年华束在我一半的有回忆的生命里。

偶然在时尚杂志里熟记了一个名字，它叫“南澜掌”。初中的地理课学到澜沧江，便永久地记住了这个名字，但我并不知道傣族的姑娘称它为“南澜掌”。曹方的声音淳澈如斯，在很久很久以前，有一条河流，勤劳质朴的人在这条河里生息、繁衍，吊脚楼拼成的村村寨寨吹起了稻米的清香，繁星将希望种子播撒在南澜掌中，故乡的人儿啊，请记起这星星照亮的河，像一条柔软的线绕紧了离家的男男女女，人们简简单单地坐在石岸边用案板拍打着粗朴衣服，用竹笼淘着细长的稻米，傣家的姑娘或许还会跳着柔柔的舞，时光从容地在这里淌过白发、皱纹、越来越亮的银首饰。

我曾对小院说，我爱那个地方，我们以后找个日子去好不好。小院说，好。其实我自己知道只有小院愿意陪我去那样一个地方，没有高消费，没有人客攒涌，没有随处可见的指示牌，只是纯朴的民族和泛起点点微不足道的朴实和爱意。可是只有我自己知道，这个“日子”其实距离我很远很远，远到那时的我是否还会遇到小院，是否还与她保持着联系，那些事实质里对于我而言并不重要，我感激的是生命中总有一个人愿意对你说的事她保持肯定，无论那一刻她的脑袋里是不是与我心照不宣。只是我们不想承认这段旅行的可信，这样一份清澈的友谊于我甚是感激。

想起在课堂上我给她推荐这样那样的歌，经常谈到要去的地方，彼此在旅途的憧憬里伏案奋笔疾书，晚自习的第一堂课下后，小院总是睡着没有醒，我猜，或许是去了那个我们要去的地方，因为她也明白现实的不可信，只有在梦里梦一次。那是比回忆还重的一种怀念。

我同她讲到蓝色的森林，正好听到耳机“在束河里晒太阳”的歌词，我便觉得这样的地方更是要去，从来不为任何的功利，也不为证明自己去过。我从来不想拍身边的人，倘若在照片中添置不合适的人和事，我便觉得难受。

其实这世间的事，理应如此。原来的一个朋友笑我不合群，我心里恹恹不乐，但也只是一笑而过。我只求在诸多淳澈的歌中能不添加些爱情的语言，只是轻轻描写一下那个吸引我的地方，那种旅行的意义。

时间过得比我脑海中的要快很多，嗯，很多年后，我与小院又是怎样的光景。我说不清，我也不想说，只是微微策划那场横跨中国大江南北的旅途，计算着干季雨季，什么时候这南方优渥的雨水能够冲刷去心中干涩的痛觉，不会因泥石流失掉性命。

但愿很多年后，在一个简陋而温馨的车站，我可以对小院说，你认得我，对吗。

五

“美好”一词我想就是给翠翠说的。很多年前我便识得她，这几日再拿起来读她，好像迎面吹着桃色的香气，风尘仆仆的感觉。女子素日温柔婉约，波澜不惊。只是绣着夜幕下轻盈的月光，倒影里的睡莲，又或是青花瓷里的清香栀子，用一针一线不紧不慢地绣着我们灯红酒绿的日子。呵，日子。

守着时光的女子，让想念在茶峒里的溪中曲折行走，吊脚楼里的情歌，逃不开分别的渡船，在月色朦胧的码头上找不到一朵相送的莲花。如此简单又如此纯真的生命，沈从文先生的笔墨像是用繁星点缀了闪耀的光触一滴一滴融进了字字落落里。他的《边城》像是一只饱满的蜜桃，感情溢满了胸腔，付出了真正的感情，留下甜酸的汁液。这样的坦诚于我而言已是最好的珍重，给予读者，一个蜜桃味的思念。书写是一个人的事，可是沈从文先生的笔下满足了一些无法用语言阐述的心思，像一张蜘蛛网，粘住了心底里最秘密的美好与梦幻。

我初一的时候，学了他《云南的歌会》。课文的后面介绍了大段的

从文先生的资料，我对于这个名字在那时很是陌生，幼时读过汪曾祺的散文，他便提到他的师母张兆和还有那盘黄芽菜炒肉片。汪曾祺先生写“吃”是很在行的：高邮的鸭蛋，红苋菜酽酽色泽，和苦涩的慈姑以及大棵大棵的腌青菜。翻看了一遍又一遍，竟不知他的老师就是沈从文，而“张兆和”这个不陌生的名字居然就是沈太太。那时在我心里，我一直觉得他是活着的，是真正存在在这个世界上，可是后来跟别人提起，朋友惊呼“你怎么不知道他已去世了”，我才握着自己的左手心里如一桶沸水泼下来，我张开眼睛，泪水却流不下来。

我一直觉得，他是活着的。一个永远笑眯眯的老人会躺在医院里木木地看看天，喝口水闭上眼休息。他心里那个小小的角落里，保留着翠翠美好的心灵，一颗小小的种子。

可是，有些事我仍固执地保持原状，宁愿只是幻想，我也几近疯狂的归位于他。

我的国，是他的边城，是心里种下的一颗叫做“翠翠”的桃花种。

张晗，1994 年 8 月生。活在幻觉与现实的边缘，很努力地做好孩子、好学生。喜欢张爱玲和安妮宝贝还有米兰·昆德拉。认为写作是一种活着的方式，认为哲学和文学不分家，崇拜波伏娃，喜欢尼采。（获第十四届新概念作文大赛一等奖）

第3章

梦中的鹿

月光冷冽地落进房间里，在地板上积成水。

我悄悄地爬下床，趴在窗边，注视着楼下的

一草一木

少年斯坦之拉塞尔意面

◎文/胡正隆

这是一张有些苍白的脸，这是一张消瘦的少年的脸。

这个有着柔软黑发的少年，总是穿着一件双排扣的黑色风衣，如同一只来自异域的乌鸦。如果你不小心遇见他，你可千万要当心，不要看他魅惑的黑色眼睛，不然会泄露你心底所有封存的秘密。

什么？你问我他叫什么名字？

我只说一遍，你可要牢牢地记住了，他的名字叫做——斯坦。

嘘——小声点，他来了。

一

又是一个暖烘烘的属于拉塞尔小镇的午后。时间为四点一刻。

一个黑色的影子慢慢移动到一家餐厅——玛吉摩尔餐厅。伴着一阵温热的风，一个少年用修长的手指轻轻推开了那扇木质的大门。

“叮——叮——”门旁的风铃随即发出一阵愉悦的响声。

然而，这阵铃声并没有给埃克斯带来什么喜悦的心

情，反而还打扰了他在柜台后面的冥思苦想。

是谁这么烦？埃克斯一边愤愤地想，一边抬头望去，他看到一个陌生的少年走进店里，在靠近落地窗的位置拉开椅子，坐了下去。他一身漆黑的双排扣风衣，像一只停驻的鸟，软软的黑色头发在午后的阳光下面，闪耀出金色的光芒。

埃克斯转了转蓝色的眼睛想：这个人好面生，应该不是镇子上的人吧。

“今天本店不开张！”埃克斯没好气起地冲那个少年喊道，显然不给这个陌生的来客任何面子，随即又狠狠地指着空荡荡的餐厅说。“你没看见这里一个人都没有么？”

“我要一份拉塞尔意面。”少年轻轻地说，声音不重，却让埃克斯听得一清二楚。

“啊？什……什么？”埃克斯愣了愣，反而一时没有搞清楚状况。

少年起身，向柜台这里走来，他走得不紧不慢，每一步鞋子与地面都发出如同咬碎饼干般清脆的声音。他抬起头来，埃克斯看到了他深邃而又漆黑如墨的眼睛，他似乎没有生气，眼睛里没有丝毫的怒意。

埃克斯看着这个比自己要高出两个脑袋的少年逆着光，缓缓地将阴影投射在自己的身体上面，不由地直起了身子，退后了两步，惊恐地说：“你……你要干什么，别过来！”

“我说，我要一份拉塞尔意大利面，够清楚了么？”少年在柜台前面停住脚步，又重复了一遍。

“都说了没有了，你这人是哪里来的，怎么那么烦！”埃克斯转过头去，不敢对视他的眼睛，因为这个陌生而又邪气的少年，给埃克斯一种莫名的恐慌，不像是个正常人，而是一种危险狡猾的动物——山狐。

“埃克斯，这样对客人多没礼貌啊。”

空气里传来一声温柔的责备以及摇摆不定的风铃声。闻声望去，一位年轻的夫人用手捋了捋散落在额前的头发，走进店来。她穿着蕾丝花边的紫色长裙，仿佛没有注意到店内的这位不速之客，眉头微微地锁起，看着有些执拗的儿子在柜台后面稍稍急红了脸。

夫人微微张开了嘴，欲言又止，仿佛不知道说些什么，便又无奈地合上嘴唇。

“我又没说错，都说没有了，没有了，他还问，讨厌死了！”埃克斯有意无意地避开了母亲的目光，拿上自己的毛线帽子，穿过柜台，把母亲和这个讨人厌的黑发少年甩在了身后。

“讨厌！”埃克斯在夺门而逃之前，又愤恨地补上一句。

“砰”地一声。餐厅里只剩下风铃轻微的叹息。

望着埃克斯消失的地方，夫人眼里闪过一丝不易察觉的担忧，就像划过夜空的流星，在黑色的眸子里转瞬即逝。黑发少年无声无息地笑了，嘴角扬起一个微妙的弧度，看上去有些不怀好意的意味。

这位夫人猛然想起还有客人在场，便转过身来，微微欠了欠身体，诚恳地说:“不好意思，让您见笑了。以前这孩子不是这样的。”

顿了顿，她继续说:“自从我的婆婆，也就是这家意面店的玛吉摩尔太太去世后，这孩子就一直很叛逆。”

“没关系，科劳里夫人。”少年回答。

“你……你怎么知道我的名字？”这位少年口中的科劳里夫人掩不住内心的惊讶，急忙用左手捂住了嘴巴。

“哦，科劳里夫人，是您美丽的蓝色眼睛泄漏了您的秘密哦。”这个少年狡黠地笑了笑，黑色的瞳孔在科劳里夫人的眼里看上去仿佛是个未知的黑色洞穴。

“不用担心，他只是无法面对您，也无法面对自己。他会回来的。而您现在——”

这个黑发少年优雅地伸出右手，在空中画了一个圈，冒昧地牵起科劳里夫人放在嘴边的手，放在唇边轻轻一吻。

“而您现在只需好好地睡上一觉，一切都会好起来的。一切都会有的。”

科劳里夫人像一枚花瓣一般瘫倒在柜台后面柔软的座椅上之前，她的眼皮仿佛失去了支撑，如同林中蝴蝶的翅膀一般，颤颤巍巍地眨着。

在无尽的黑暗来临之前。他听到眼前的少年发出遥远的声音。

“安心地睡吧，我会为你带来一个没有忧伤的世界。”

二

埃里克的奶奶玛吉摩尔，是拉塞尔小镇有史以来最受人尊敬的老人之一。她有着最纯正的银发，没有盘起来的时候，如同天上的一股银河之水。

镇子里的人们总会在哄宝宝睡觉的时候，或者在喝下午茶的时候说起关于她年轻的事情。比如：与红襟山雀比赛唱歌啦，在厨艺比拼中打败克莱提卡老巫婆啦，在极地的冰川之中采集纯净之水啦，等等等等。

这些在人们心中早已成为根深蒂固的传奇，一代一代地流传着，如同空气中飘散的浓郁的香味，你看不见它，但是，你可以享受它给你所带来的那一份喜悦。

然而，要说在人们口中流传最多的事情，当然是玛吉摩尔亲手制作的拉塞尔意面啦！

拉塞尔意面的全称叫做拉塞尔意大利面，因为所有拉塞尔的居民都吃过这个意面，甚至说是吃着这个面条长大的，久而久之，就成为了拉塞尔小镇的一种代表。所以后来就被人们成为拉塞尔意面。(咳咳，请各位同学们注意，拉塞尔意面可不能简称为拉面哦！)

记得每一次拉塞尔小镇的几位长老开展总结年会的时候，总有为数不少的孩子家长左右为难地提出自己的孩子因为吃了太多的拉塞尔意面，而胖得看不出脖子在哪里。玛吉摩尔也会有些不好意思地笑着，说都怪自己做得太好吃了。

后来，玛吉摩尔餐厅的菜单上甚至还更新了这么一句话：请勿食用过多的意面，谨防肥胖！

有人说，拉塞尔意面口感清爽，却醇厚香浓，真是让人不可思议。

有人说，拉塞尔意面闻起来气味辛香，每一种精心添加的调味都带出了无可挑剔的细致滋味。

也有人说，每吃一口拉塞尔意面，都会感到有种说不出的感觉从舌尖扩散，经过口腔，顺着滑进喉咙，然后开始源源不断地向身体里涌进让人幸福的力量。

每一张吃过拉塞尔意面的嘴巴，都会有不一样的评价。一传十，十传百。拉塞尔的美味传到了世界各地，不少地方的人都慕名而来，都要亲口尝一尝这传说中的拉塞尔意面。常常有人因为过于美味而情绪失控，情不自禁地留下感动的眼泪，生怕自己以后再也吃不到这么美味的意大利面了。

当然，也有一些心怀嫉妒的坏蛋看着玛吉摩尔餐厅的生意这么好，从而想偷取她的秘方，中饱私囊。

可是，秘方哪是随随便便就能被窃走的呢？

埃克斯也觉得好奇，有一次趁着奶奶哄自己睡觉的机会，埃克斯睁大了眼睛问她。“奶奶，为什么我们的意大利面那么好吃呢？”

“呵呵，我的小宝贝，这是一个秘密哦。”玛吉摩尔笑了。

“什么秘密呢？”

“这个可不能说呢，秘密之所以成为秘密，只因为没有人知道，或者只有很少的人知道。”

“奶奶，你就告诉我吧，我保证不告诉别人。不信，我们拉钩钩。”说着，埃克斯从被子里伸出胖乎乎的小手，露出像毛毛虫一样的小拇指。

“呵呵，不用拉钩，奶奶相信你，而且，这个秘密迟早你会知道的，只不过时候未到，等你长大我就告诉你。”玛吉摩尔将埃克斯的手又放回被子里，轻轻掖好被角。

“那，我什么时候才能长大呢？”埃克斯穷追不舍。

“等奶奶老了，走不动路了，不能做出意面的时候，你就长大了。”

“不要，我不要奶奶老，我要奶奶给我做一辈子的拉塞尔意面吃。”

“好，奶奶答应你。”

而现在，埃克斯躲在奶奶曾经工作了一辈子的厨房里，想起奶奶生前说的话，不由地胸腔里面涌出一阵暖流，这股暖流在身体里逆流而上，越过心脏，弥向喉咙，漫着埃克斯因难过而红扑扑的脸蛋，朝着他的玻璃般透彻的蓝色眼睛，势不可挡地扑打过去。

没错，奶奶已经死了。

就像是一场梦。

闭上眼睛之前，埃克斯最爱的奶奶还在向他微笑，等再次睁开眼睛的时候，一切都变了，一切都如同泡沫般，在空气中破碎，消散。就像从来没有出现过。

玛吉摩尔餐厅的生意瞬间一落千丈，人们再也吃不到原汁原味的拉塞尔意面。科劳里夫人也仿佛一夜之间苍老下去。玛吉摩尔下葬的那天，全镇的居民都去了墓地，每个人都在这个最受人尊敬的老人的墓碑前，放下一朵洁白的玫瑰花，象征着玛吉摩尔那最颗纯洁最善良的心。

“虽然我知道这么说可能不太适宜，但是我觉得你哭的时候，看见那种眼里噙着泪水的样子，真的是楚楚动人，可怜得一塌糊涂。”一个声音突兀地打断了埃克斯的回忆。

“啊！”埃克斯吓了一大跳，下意识地尖叫起来。

“欸，爱哭鬼，你吓到我了哦。”黑发少年故作惊吓地将手放在胸前，然后用食指轻轻敲打自己清晰可见的锁骨，发出啄木鸟敲打树木般“咚咚”的声音，以此安慰自己。

“你……你这个……你这个无赖！明明是你一声不吭地跑到我后面吓我！”埃克斯匆忙地用袖口擦一把脸，抹去一些泪水。

“你这么说可不对哦。我不是无赖，我不姓无，我的名字也不叫无赖。怎么说我也是比你要年长吧，即便你不叫我一声哥哥，你也应该尊重我。我的名字叫做斯坦，斯坦的斯，斯坦的坦，至于我为什么叫做斯坦呢，我就不告诉你了，你知道也没什么用。还有，你怎么能说是我跑到你的后面吓你呢，我明明是悄悄地走过去，不是用跑的……”这个叫做斯坦的少年幸灾乐祸地笑了，嘴巴像串鞭炮一般噼里啪啦地说个没完没了。

“斯坦，不要再逗他了，我们的时间不多了。”

一个熟悉的声音从斯坦的身后响起，打破了这个僵滞的局面。埃克斯简直无法相信自己的耳朵，他不禁失声大叫。

“奶奶？！”

三

世界上有一种事物我们称之为——灵异事件。

这么听上去，有些阴森诡异的味道。换句话说，就是某些魔法师的嘴巴里常常念叨的那样——接下来，让我们见证奇迹的时刻。

可是往往奇迹降临的时候，我们并不能顺其自然、顺理成章地接受，就像当下的埃克斯。

埃克斯惨叫一声，声音震得将地面的灰尘都飞舞起来，他惊恐地退后两步，撞到了身后的那个放满食材的橱柜，磕磕巴巴地对着斯坦身后的那个他不能理解，也不知道怎么形容的未知的玩意说。

“你……你是个什么东西。”

“玛吉摩尔太太，不得不说，有时候我真的怀疑你的外孙是不是结巴，从我和他说话开始，他总是不间断地这样说话，你有带他去看过医生么？”少年斯坦无奈地扶了扶额头，感到身心很无力。

“他还是个孩子嘛。”

发出声音的是一团银色的火光，是那种最纯正的银色，埃克斯看着这团散发出温柔的银光的物体，想起了奶奶的绵长的银发。

“埃克斯，我是你的奶奶。”这团银火字正腔圆地说。

的确是奶奶的声音，埃克斯想。

“你真的是奶奶？不是妖怪或者其他什么东西？”

“嗯。”这团火光依旧在空中燃烧着。

“那你怎么是这个样子。”埃克斯不解地问。

“这是我灵魂的一部分。”

“那其他的部分呢？”

“他们被留在了天河的另一端，只有当我这分裂的灵魂回去，我的灵魂才算一个完整的灵魂，然后通往天国。”

“那……”

“我说……”斯坦优雅地举起右手，忍无可忍地做了一个暂停的手势打断埃克斯无穷无尽的提问。“我说埃克斯，我真的很想跟你解释这一切是什么个情况，但是——”

斯坦轻轻地抬起左手，看了看手表，那是一块没有指针的手表，黑色的表盘里只有一个数字“9”。斯坦故作随意地说“我们的时间不多了，离天亮我们只有不到 5 个小时了，我们要在这之前，教你学会怎样做出原汁原味的拉塞尔意面，你觉得时间够用么？”

“真的么？”埃克斯眼睛里突然一亮，发出类似于钻石一般的锋芒，“奶奶，他说的是真的么，你真的要教我做出真正的拉塞尔意面了么？”

那团银色的火光不紧不慢地在空气中悬浮着燃烧，看上去，仿佛是最古老遥远的冰山莲花。

而窗外的天空，已经彻底地黑透了。

四

“杜兰小麦做成的意面，爱尔兰烟熏培根，赤皮洋葱，大蒜，西红柿，橱柜里有地中海沿岸的麋香草，盐，白糖……那个咖啡色的瓷罐里是印度黑胡椒，白色的那个是奶酪粉……特级初榨橄榄油在地窖里……你们快点把做意面要用的食材都准备好，动作麻利点……”

估计是天神看到了这个场面，也要禁不住偷偷地笑了吧，一团银色的火光悬浮在厨房的橱柜上发号施令，一个黑发少年和一个十三岁的小男孩在厨房里面围着白色的围裙忙得不亦乐乎。

玛吉摩尔说道：“埃克斯，先别急着把意面放进锅里，等水烧开后，先加一勺盐和一勺橄榄油，千万不要用汤匙搅拌，要让意面自然地软化，这样才好。”

玛吉摩尔吼道：“要把这新鲜的西红柿熬成酱汁，不能用现成的番茄酱，现在的年轻人都变得好懒，以为买来榨好的番茄酱就能代替手工的酱汁，简直就是天方夜谭！”

玛吉摩尔继续嚷道：“冷却意面的水一定要是冰山上的净水，不要以为什么水都能代替，要是不在这些细节上面做足了功课，哪能随随便便就做出意面来？想当初我去极地采集这些冰水的时候，一路上……"

玛吉摩尔工作起来严肃得可怕，一丝一毫都不允许出错，同时又像一个坏掉的时钟一样，"滴答滴答"地来回重复那些陈旧的故事。

斯坦脱掉了那件黑色的风衣，露出里面的白色V领衬衣，埃克斯清洗洋葱的时候，不经意地看见斯坦的领口若隐若现地露出这个年轻少年美丽的锁骨，在温暖的灯光下，微微地发亮。

埃克斯看着这个英俊少年认真工作的样子，怔怔地想：他也不是那么讨厌嘛。

"咚！"一枚大蒜不偏不倚地砸在了埃克斯的脑袋上。"工作时间不准开小差！快点洗洋葱，然后切丁！注意不要把洋葱汁溅到眼睛里，不然你会泪流满面的！"奶奶严肃地在橱柜上面教训着埃克斯。

"哈哈，叫你乱看我引以为傲的锁骨！"

埃克斯忍住不去看斯坦得意忘形的样子，腮帮子气得鼓成两个圆滚滚的面包，咬牙切齿地想：我收回刚才对他的夸奖，讨厌的人果然在任何时候都那么讨人厌！

"现在才收回，有点晚了哦。"斯坦漫不经心地撇了埃克斯一眼，同样用漫不经心的语气说。

"你烦死了，不要老是用读心术看穿我的心思好么。"埃克斯无计可施。

"话说回来，没想到你奶奶工作的时候那么严肃。"斯坦轻而易举地扯开话题。

"是啊，我也没有想到，简直和平时慈眉善目的奶奶判若两人嘛！"

"呦，你还会说'判若两人'这个词啊，小看你了。"斯坦嘲笑道。

"你们两个，不准说除了意面之外的事情！这是一个多么严肃的事情，快点去把……"玛吉摩尔的训斥声又在耳边像一个炸弹一般爆炸开来。斯坦和埃克斯相互看了一眼，吐了吐舌头，继续做手头的事情。

经过一阵天翻地覆摇旗呐鼓的折腾，在埃克斯把切碎的麋香草轻轻地散在意面上之后，拉塞尔意面终于完成了。

埃克斯如释重负地喘了一口气，说:“终于完成了，累死我了。”

“才做这么一点事情哦，就嫌累了。哎，以后可怎么办啊。”玛吉摩尔温柔地责备道，转眼又换了口吻说。“斯坦，你是分得出是否正宗的，你来替我尝一尝这份意面吧。”

斯坦拿起银叉，巧妙地卷起面条，慢慢地放进嘴巴里咀嚼，然后闭上了眼睛。

许久。

斯坦停下了咀嚼，他的眼睛依旧紧闭着，但是睫毛却如同蝴蝶的翅膀一般轻轻地颤抖着，随之而来的，竟是一行温热的泪从碟翼间流淌出来。

斯坦哭了。

“怎……怎么会是这个味道……”斯坦轻声说道，手一松，手中的银叉顺势掉在了桌子上，发出金属声的脆响。“怎么会是妈妈的味道？这么可能？这意面竟让我想起了我妈妈小时候为我做的饭菜的滋味。”

“我一直坚信，食物不能仅仅要好吃，而且还要给食用的人带来幸福的感觉才行。”玛吉摩尔缓缓地说。“看到你能喜欢我的意面，我也觉得很欣慰。”

“您太谦虚了，玛吉摩尔太太，我应该感谢你才是真的。”斯坦再次拿起银叉，又吃了几口。“真……真不愧是拉塞尔意面，果然名不虚传。在我妈妈去世之后，我就就再也没有吃过这么好吃的东西了……”

然而，说到“去世”二字时，斯坦的表情突然像结了冰的河面般凝固了，他意识到自己触及到了不该谈及却又不得不面对的话题。斯坦轻轻放下叉子，然后擦了擦嘴角，又看了一眼那块奇怪的手表，用沉重的口吻说:“玛吉摩尔太太，埃克斯，我们的时间不多了，我先出去了，你们慢慢聊。”

斯坦意味深长地看了一眼埃克斯，眼睛里充满了黑色的忧伤。

埃克斯刚要张嘴说些什么，斯坦便轻轻地将食指放在了他的嘴边：“你不用说了，我知道你想说什么，这是没有办法改变的事情。”

然后斯坦小心翼翼地拿起自己的风衣，象征性地抖了抖，如同披上整个黑色的宇宙般穿上风衣，走了出去。

五

“埃克斯。”奶奶温柔如水的声音悠悠地响起。“埃克斯，我的孩子，我真高兴你学会了怎样做成最完美的拉塞尔意面。你要继续做下去，帮我继续做下去。”

“奶奶，你真的要走了么，我觉得我还没有学会，你再留下来陪我好不好？”埃克斯的眼里仿佛又要涌起热浪。

“不，你已经学会了。”玛吉摩尔轻轻地说。“奶奶真的要走了，埃克斯，你总该学会长大。”

“那你还会回来么？”

“奶奶无法再次穿越那比极地的冬天还要寒冷的河水，如果不是斯坦的帮助，我连这次见你的机会都没有。”玛吉摩尔顿了顿，接着说。“我在渡往那个世界的途中，遇到了斯坦，他从我眼中看到我心底的秘密，便取下我的一根银发，绕在指尖，将附着的一缕灵魂偷偷地带回来，我才能再见到你。

埃克斯没有说话，他不敢相信，这是那个看起来那么讨厌的斯坦做出的事情。

“我已经没有遗憾了。你要勇敢地活下去，你已经成为一个男子汉了，你要保护好你的妈妈，她现在是这个世界上最爱你的人，知道了么？”

“嗯。”埃克斯点着头，哽咽着说。“可是奶奶，我还是不知道做出拉塞尔意面的秘密是什么啊？”

说着。那团银色的火光就轰然燃烧起来，在银色的火焰中旋转翻腾，就像是煮锅里沸腾纠缠的意面，渐渐地，这团火焰慢慢柔软起来，取而代之的是一个微微弯着腰，笑容可掬的老人的样子。

“奶奶？！”埃克斯再也止不住眼睛里晃荡的泪水，在奔向奶奶的那一刻，眼睛里最透明纯净的泪水如同小鱼一般从清澈的水潭里面跃出眼眶。“鱼儿们”顺着埃克斯的脸颊往下游，鱼鳍刷刷地刺到了他稚嫩的脸庞，可是这些都不重要，埃克斯现在只要抱紧一点，再抱紧一点。

玛吉摩尔用手指了指埃克斯左边的胸口，无比温柔地说。

“你已经找到那个秘密了，就在这里。”

远处的天边微微地发出奶油般浓稠混沌的样子，斯坦看着熟睡的埃克斯，微微地如释重负地叹了一口气。

六

拉塞尔小镇，这个永远热闹喧哗得如同在锅里油炸的肉丸子一样的镇子。

镇子上的人们永远都是相互熟知的，他们对新鲜陌生的事物永远抱着对美食般浓郁的渴望，连一只隔壁镇子上的苍蝇飞进这个小镇，都能在第一时间成为他们口中的话题。而当下，喋喋不休的人们讨论的当然是最新的发现——玛吉摩尔餐厅又重新开张啦。

有人说，是店主的儿子在厨房找到了死去的奶奶留下的美味食谱。

有人说，是小儿子在睡觉的时候，他奶奶托梦给他，让他在梦里学会了怎样制作最正宗的拉塞尔意大利面。

还有更离谱的说法说，是一只来自灵界的乌鸦，用一堆虫子和一道咒语，变成的一盘盘看上去很美味的拉塞尔意面——当然，这是克莱提卡老巫婆的恶意诽谤。

一传十，十传百。这个镇子上的人们仿佛达成了一种默契，在茶余饭后，闲谈聚会的时候，都会说起这个事情。

而此时此刻，埃克斯正在厨房和妈妈科劳里夫人忙得不可开交，这种感觉就像是在梦里已经经历过了一般真实。

“嗨，不管了，不管了。”

埃克斯摇了摇自己的脑袋，强迫自己不去想这些怎么想都想不明白的事情。眼前要做的，就是不能停下来，要继续。继续奶奶的期望与未完成的事情。

幸福的事情。

七

“喂，斯坦。”埃克斯最后一次在夕阳下唤住这个黑发少年。

“嗯？”斯坦停下脚步，逆着光背对着埃克斯。

“你为什么叫做斯坦？”

“好奇怪，你为什么要这么问。”

“因为……因为我想多了解你一点。”斯坦不知怎么表达，语无伦次地说。

“因为爱。”斯坦转过身来看着埃克斯，他的的眼睛眯成了一条线，看上去依旧像是一只深林里的狐狸。

“爱？”埃克斯不懂。

“没错，因为，爱因斯坦啊。”

埃克斯一愣，若有所思起低下了头，似乎想起了什么。金色的阳光暖暖地照耀埃克斯的头发上，如同奶奶生前温柔的爱抚。

在恍然大悟地明白是怎么一回事的时候，四下早已看不见斯坦的踪影。

“哎，斯坦？斯坦！”埃克斯大喊。

“再见，我的爱哭鬼。”

空气中划破一道口子，传来一句低语，如同一道咒语。

胡正隆，朋友善称小隆，善变。善交友。近视。小眼睛，单眼皮，牙齿整齐。钟爱柠檬。迷恋手指在书页上滑动的触感。（获第十一届新概念作文大赛二等奖，第十四届新概念作文大赛一等奖）

说谎的兔子

◎文/黄佯谷

一

一个让人舒服得有些弱智的温暖午后，我站在宠物店的门口抛硬币，同时在心里默念，如果出现了数字就买下那只黑色的兔子。清脆的响声渐远，我睁开眼睛看见了地上正咧着嘴笑的数字“1”。

五分钟之后我拎着笼子走在回住所的路上，笼子里面是一只正拼命地表现自己的黑色兔子，上蹿下跳。我把右手伸进口袋里摸到了那枚硬币，冷冰冰的。

“我把你赎出来了，你要怎么感谢我？”

我看着笼子里好动的小东西喃喃自语。毛发漆黑，个头只有巴掌大小，看上去有点像只耗子。笼子庞大得看上去空洞洞的很是凄凉，不知道兔子会不会觉得孤独——还是正偷着乐自己独自霸占这么大的笼子呢？不过，是我想太多了吧。

回到住所，我从侧门进去急急忙忙上了三楼自己的房间，我不想让房东知道这么个活物进了她的房子里——她似乎对有毛发的活物都过敏。“要把你放在什么地方呢？”我嘀咕着在房间里寻找一个合适的角落。

“我不要潮湿的地方。”

“我知道，”我头也不回地在书桌的边上挪出一块地方，“将就点吧。”

“我不喜欢这里。”

“我也不喜欢，我说你一只兔子别太计较了。”

“……”

放下这只挑剔的兔子，我出门去给它买白菜。超市在两条街以外，来回要三十四分钟——我突然一阵眩晕：我竟然在替一只兔子跑腿！我自己弹尽粮绝都忍着不上超市，竟然为了一只兔子去买菜？

我把擦干净的白菜叶放到笼子跟前，兔子在笼子里疯狂地跳跃，用脑袋撞着上边的铁丝，然后突然又在笼子里跑起圆圈来。我叹了口气，我打开笼子的小铁门把白菜放了进去，它还在拼命地展示它各种各样匪夷所思的动作。真是疯了。

二

路棋要我交昨天的作业，我才猛地想起自己似乎把这件事给忘得一干二净了。

一行人排练到结束已经是晚上十一点钟，出校门的时候马路上干净得给人一丝诡异的感觉，没有行人没有车辆甚至连路灯都有些昏暗，初春的晚上风还是冰凉，这几日倒春寒惹得我似乎又要感冒了。我过了马路跟其他人打过招呼匆匆往回走，今天晚上还得把剧本从头到尾修改一遍，最后定稿明天交给学校。

一个高中的百年校庆硬生生地搞成了史无前例的嘉年华。最近几周课程进展缓慢，落下的功课堆得我头疼，班主任时常找不到人——他似乎永远在开会。领导到来之前的气氛从来都是一样的——“山雨欲来风满楼”的架势，让所有人不急也得跟着急。

我去了一趟高三教室，没找到班主任就又急忙下楼去接着写那份该死的档案——来得真不是时候。至于路棋说的作业，早见鬼去了。

她把一口气叹得老长，说你还真是辛苦了。转身没有再搭理我。

我当然听得出她的不屑，但是看在我手里这份档案的面子上，路棋你就别计较了。

下课铃声一响，我冲出教室跑到了办公室。班主任正埋头写东西，整个脑袋被堆得老高的书给挡住了。我低声说了一句:“钱老师，档案我写好了。”

“这么快啊，谢谢了。”他接过档案没有说话，我退出办公室。在廊道上遇到了昨晚排练的几个同学，都要我的新剧本。我在口袋里摸到了 U 盘，想起我还没来得及把剧本打印出来。

从廊道回教室，望下楼看见人工池的喷泉又在喷出圆形的水花。一个穿绿色衣服的老头正在慢腾腾地把池面的垃圾捞起来。真是让人嫉妒啊，竟然可以这样悠闲。

教室里吵吵闹闹，有几个男同学正用望远镜观察对面楼的女生，大声嬉笑还非常细致地点评起来，边上的女生翻着白眼不理会这群疯子。我坐到座位上，摊开书本开始默读课文，应付语文课的背诵检测，我已经这样抱了大半学期的佛脚了，没出过问题。我抬起头的时候发现路棋在她的座位上看着我，我看了她一眼。她旋即别过脸跟边上的人讲起话来了。她的侧脸很好看，只是一天到头都是一副严肃的神色，一点都不亲切。我一直不喜欢她，明明工作对半分，到头来只有我兢兢业业地把她的那份也给完成了，在老师面前还得说是我们合作的。尽捞到洗碗的份，吃大餐想都别想。

她就是不动声色地默认一切，一点没觉得不好意思，好像这理所当然都是我应该做的。

可是我还能怎样，突然说你这些事情自己做吧，填档案汇款复印什么的……这不都是我在做的嘛，我怎么说得出口？算了算了，还不是一个样。

三

推开房间门的一刹那，我看见兔子正蹲在房间正中间的地板上。

一动不动地望着我，我吃了一惊，然而它没有丝毫胆怯的样子，我走近它的时候它仍旧沉浸在思考中。我看了看放在笼子边的白菜，果然已经被啃得惨不忍睹。小铁门紧闭，我挠挠头有些迷糊。

“你在想我是怎么出来的是吧？”

“是啊，你自己开的门？”

“一顶就开了，”兔子说，“房间太小了，没意思。”

“你就该待在笼子里。”

“闷着呢！”

我沉默了。等到我突然从走神中回来，兔子已经回到笼子在角落里缩成一个圆圆的毛球呼呼睡觉了。我倒了杯水，赫然发现我桌上的两颗苹果只剩下一颗了，我什么时候吃的呢？我仔细把思绪捋了一遍，那颗苹果依旧下落不明。我转过身看了一眼兔子——不可能，桌子这么高，兔子要是够得着就太让人惊奇了——何况，兔子吃苹果吗？

但是，苹果哪里去了呢？

不只是苹果。

我的抽屉好像有人翻动过，许多东西都换了位置。昨晚我放在上边的一张试卷现在夹在了一本杂志里堆在左手边。但又仅仅是翻动，似乎没有丢失任何东西，至少我能想起的都还在。有人来过了？小偷？房东？还是我记错了？我把手伸进口袋，触到了 U 盘，瞥了一眼手表，又赶忙出门。

剧本还没打印呢！一路上我满脑子里都是剧本和苹果，交替上演，到最后竟然还组合在一起，我仿佛看到了每一页剧本上都只印着一颗红彤彤的苹果。到文印店的门口，我却突然想不起来到底锁门了没有。

剧本装订完之后，我收到了钱老师的短信：“抓紧排练，最近审核。”

我看着手里这一沓剧本，压力前所未有地膨胀。钱老师前几天偷偷跟我说，为了让我的剧本能过关，他已经动了手脚把其他相同竞争的节目给删除掉了。我一愣不知道说什么好，那一刹那我的表情一定特傻，可我还是得接受这个事实，不管怎样，要是没有把这个舞台剧搞好，估计就要混不下去了——百年校庆就要成末日审判了。

舞蹈教室里空气混浊，异常闷热。忘记台词……走错方向……上场时间不对……音乐错误……有人摔倒……我不想继续干了，太折腾人了。钱老师只出现了五十秒,说了一句“辛苦了”就消失得无影无踪，整个舞台剧的排练工作目前处在创世纪，什么都是未知的，什么都是混沌的。我看着舞蹈教室的天花板，中间一块巨大的黑色，像是漏水造成的发霉。大家零零散散地聚成一堆一堆，我出了神。

刹那之间，天花板从那个黑色的地方突然撕裂开来，瞬间整个天花板在我眼前迅速地崩塌，我没有反应过来，有尖叫声……我突然清醒过来，一身汗。我环顾了舞蹈教室，没有崩塌，但尖叫声确确实实传了过来——路棋倒在教室边上。

有人在喊我，我跑过去。路棋被围在中间，两个女生把她扶起来，但是她仍然没有醒过来，几个女生一言不发满脸惊恐——“她还……”我脑袋一阵发热背起路棋往电梯跑，后面两个男同学跟了上来按电梯，我刚说完“给钱老师打电话”电梯门就关上了。叮一声到门打开，我冲出去差点和两个人撞在一起——是教务长和副校长。

四

“我要出去走走。”

“我没有时间带你出去。”

“我在这个房间里待腻了。”

“别固执。”

兔子沉默了，它不满地哼了一声又缩成圆球睡觉了，我蹲在笼子前面看着它，黑色的毛发光滑地反着光。我把白菜叶擦干放到笼子里，回到书桌前。

只有在这个时候，我才会感觉什么都变慢了，没有焦头烂额没有东奔西跑没有指手画脚，我可以慢慢地把手里的事情做完。日记本里的计划满满当当都是雄心，可是没有几项是完成的，甚至好几页都只有“吃午饭”这种条目后边有打钩，一张纸就像一个很长的冷笑话。功课堆积，排练缓慢进展，书桌边放着的那本《我城》还是三周前看到一半的，书签依旧夹在同一个地方。

唉。

这就是一只虚伪的兔子——只要有陌生人走到它的笼子前，就马上能看到它亢奋地手舞足蹈上蹿下跳，然而面对我它除了第一天格外兴奋以外，要么是不满地抱怨，要么理都懒得理我。兔子也有两面派，真是让人无话可说。

我又坐在书桌前发呆，兔子突然说：“有个人来过。”

我一惊，看见兔子自己跑出笼子正蹲在我的脚边。我问：“有人来过？这里？”

“一个高高瘦瘦的男人，耳朵下边有颗痣。开了门进来。”兔子抬起头看了我一眼。

“什么时候？”

“昨天下午。”

“他做什么？”

“小心翼翼地翻你的东西。”

“抽屉？书柜？”

“都有。”兔子说完蹬了几下回到笼子里去了。我拉开抽屉，看不出有什么变化。我突然想起了那颗苹果，“他是不是吃了一颗苹果？”

“是。”兔子又一言不发了。我在脑海里勾画着这样一个男人，可是很显然没有一个对应的影像浮现出来，我把自己的脑袋放空，看了一眼兔子，爬上床睡觉了。我闭上眼睛前看了一眼书桌上的那一叠书，突然一股莫名其妙的绝望。下午的课程一样枯燥烦人，就这样，一沓作业轻而易举地把那个不知面貌的男人从我脑海里赶出去了。

教室里没有几个人，我把书包放下，看了一眼下午的课程安排便趴在桌子上发呆。还有十五分钟才上课，我看到路棋空空的桌椅才想起她已经在医院里呆了好些天了。明天是周末——想到这里叹了口气：我至少得去看看她，还有，应该带点东西，比如水果什么的。

几分钟之后，我的手机震动起来："周末审核。"发件人显示"钱老板"，好吧，我就是一个任劳任怨的优秀小工。看来这个周末很精彩。

上课铃声这个时候响了起来，我从抽屉里拿出发黄的点名本——没有人迟到。我在每个名字后边画了圈圈后摊开了课本。这原本是路棋的工作，现在我只好代劳了。

五

路棋已经回到了家里，只是轻微的食物中毒。班级里没有表示太多的评论，似乎少了一个人并没有什么大不了的。

我有些黯然，想如果这次倒在舞蹈教室门口的是我，大家会是什么反应？或许没有人在意吧，还是总有那么几个人形式上去看看自己？一个下午的课程我都在游离，心里好像堵着什么难受得很，仿佛我真的已经躺在病床上，四周空洞洞的什么都没有。原来自己是这样的茕茕孑立形影相吊，貌似和所有人都关系良好，却在某些时候赫然发现自己竟然没有死党，我整日似乎忙忙碌碌告诉自己这是充实，却在静下来的时候突然有一种悲怆的感觉。是不是自欺欺人呢？我吐出一口气趴在了桌子上，讲台上的声音飘渺遥远——跟我没有关系吧。

下课铃声把我闹醒了，我耷拉着眼皮收拾自己的书包，用了几分钟到了舞蹈教室。今天是最后一次排练了，这个舞台剧终于成形了，只可怜我也快被打回原形了。

新剧本零零星星的修改写在纸面上，各色的笔记色彩斑斓看得我一阵眼花，我得承认我确实还在迷糊，用了几分钟时间把所有同学和道具都清点完，我坐在那把不知道什么时候要散架的靠背椅上看着剧本上的字怎么变成了一个个表情和动作，还有各式嗓音发出的长短不一的音节。

我的脑海里一直盘旋着“周末审核”几个大字，挥之不去。就在这差不多合格的最后一次排练将要结束的时候，这四个字突然滋一声从我眼前消失得一干二净了，留下来的，是一张男人的脸，我还看到他的耳朵下边正有一颗痣。

啪一声，全部结束。舞蹈教室突然扭曲了一下，我睡着了。

然而就几秒钟，我猛然醒来，察觉到舞台剧已经告终，这一天终于结束了。我浑身只剩疲惫，只想快点回去，那只该死的虚伪的兔子或许正在等着我给它新鲜蔬菜吧？不对，它自己会去找蔬菜的，它自己够得着的，不管放在地上还是桌子上，不是吗？

我只想问它个问题。

推开房间门的时候，屋里什么动静都没有。地板上的兔子一如既往地一言不发看着我。

我把书包放下，望了一眼桌子上的空袋子——那颗苹果也终于不见了。兔子对我说：“那个男人又来过了。”我轻轻笑出声来了，盯着兔子看它能继续说出什么来，然而它也沉默了。四下阒然，我和兔子四目对视，许久，我开口：“老爸，你玩够了没有。”

“……”

“根本就没有人来过，那个人就是你嘛！变成兔子也太不像你的作风了吧。”

“哼！”兔子似乎不满地瞪了我一眼，跑回笼子里去了。

“你还要玩到什么时候？”

“你竟然用了这么长的时间！我连脸上的痣都告诉你了，你到现在才想起来！”

“我困了……”我原本还想再说几句话的，可是突然被一阵浓密的睡意撞倒了，就在完全失去知觉前，脑海里刹那间闪过的竟然是路棋的脸——好吧，明天，明天我得去路棋家里看望病号，千万不能忘了。沉沉睡去没有了任何知觉。

六

醒来时天色已晚，我竟然睡了这么久。

我起身望了一眼兔子，看见它正在上蹿下跳拼命地表现自己。我看了它几秒钟，道：“老爸，你什么时候变回来？”

“……”

“你玩够了没有？”

“……”

“你为什么要变成兔子？”

“……”

整个世界静悄悄的，我顿了几秒，猛然大笑起来，整个世界一瞬间就变形了，扭曲成一块一块的，我看见什么舞台剧什么百年校庆都被挤得破破烂烂，只留下了曾经存在过的证据，我还是在笑，喉咙里一阵一阵地发痒，眼泪都笑出来了，滑过脸颊也是痒痒的——我真是疯了，兔子怎么会讲话呢？！

黄佯谷，真名黄可，1993年出生于福建，自信开朗的狮子座。（获第十一届新概念作文大赛一等奖，第十三届新概念作文大赛二等奖，第十四届新概念作文大赛一等奖）

梦中的鹿

◎文/王君心

有很多时候，我都觉得曾经发生的事情就宛如一个梦那般，透着魔法一样朦朦胧胧的轮廓，有着变幻莫测的形状和神秘的色泽。无论是明亮的如同阳光的记忆，还是泛着淡蓝色泪光的回忆，在我的脑海里总有一天都会变得影影绰绰，如同一个透明、易碎的梦。

大概是几年前发生的那件事让我养成了这个习惯，如果真是这样，那我宁愿留下这么个习惯，毕竟把一切美好的亦或是悲伤的记忆幻想为一个如真似幻的梦，何尝不是一件美妙的事呢?

很小的时候，因为父母工作的缘故，我常常被送到乡下的祖母家。一个很偏僻很安静的地方，洋溢着深深浅浅的绿色，在阳光下折射着晶莹的光，一层层地铺张开来。高大、也有矮小的松树、柏树、樟树环绕在四周，厚厚的落叶铺在地上，踩上去咯吱咯吱地响。

祖母白色的小屋子就搭建在这样一个地方，这里只有她一个人。她是一个看起来很严厉的老太太,头发花白，在脑后挽成一个很紧的发髻，戴着圆框的老花镜，手中的编织活总也停不下来。不到必要时刻她绝不轻易开口说话，在我看来她是个性格古怪、刻板的老太太。

我喜欢这里。实际上，我觉得祖母和她的小屋子还有屋子四周的树木都带有一种奇异的色彩。我常常幻想她是一个女巫，衰老之后用最后的魔法创造了这个小屋子和这个充满绿色的地方。瞧，我只要一到这里，就开始不住地幻想起来了。

总之，这是个不可思议的地方，你只要知道这个就行了。

10 岁的时候，我又一次被送到了这里。爸爸妈妈把我的行李放下，就匆匆忙忙地离开了，他们还有很多事要忙，否则也不会把我送来。

驼了背的祖母领我到二楼的一个小房间——我以前一直住在小阁楼里，但现在我长大了，阁楼显得有些拥挤——小房间里边有一张床、一张桌子和一张椅子，还有一个高高的柜子，我无论如何也够不到顶端。

祖母站在门口，对我说："从今天起这就是你的房间了，除了吃饭和睡觉时间，你可以到这座森林的任何一个地方去。天黑之前一定要回来……"

每一次她都会不厌其烦地对我说这些话，第一次听到时我以为她会和童话里所有的老巫婆那样接着说："……否则，会发生很可怕的事情……"

但她没有，她只是轻轻地咳了咳，眼神疲惫地说："你要按时上床睡觉。有什么事情都可以来找我，两个星期以后你爸爸妈妈就会来接你了。"

我不知不觉地叹了一口气，不言不语地点点头，祖母就转身走下楼去了。

我拉开浅绿色的窗帘，阳光照着细微的尘埃在空气中蹁跹起舞，有如光束一般动人。窗外是密密挨挨的树叶，蔚蓝的天空将它们小心地包裹起来。

我看到一个棕色的身影在树林中一闪而过，闪着独特的光，一下子抓住了我的目光。只是一眨眼，它就不见了。

我没有想到，这天晚上，我就再次遇见了它。

第一天来到这里，我尽量按照祖母吩咐的早早爬上了床，盖上被子，却怎么也睡不着了。四下里太安静了，不像我家里那样，整夜都有汽笛声鸣响而过，还有大卡车砰哧砰哧的声响。

月光冷冽地落进房间里，在地板上积成水。我悄悄地爬下床，趴在窗边，注视着楼下的一草一木。

只一眼，我就望见了白天看到的那个棕色的身影。那是一头鹿，矫健的身影在树林中穿梭，不一会儿就出现在了小屋底下。在漆黑的夜色中它居然泛着朦朦胧胧的白光，有如一只奇异的精灵。

它朝着房间里张望着，我依稀记得那是祖母的房间。

“嗨。”我叫了一声。

它抬起头来，发现了我。大大的眼睛里映着月色，仿佛洋溢着水光。

“你好。”我半开玩笑地对它说。

“你好。”

我没有想到，它居然回应了我。

我继续问：“你在做什么哪？”

“你应该好好睡觉的。别忘了祖母告诉你的话。”鹿懒洋洋地对我说。

“你偷听我们说话！”我装作气愤地说。

鹿摇了摇头：“不管你信不信，我都没有这么做。”

我没有听完它的话，从窗台边跑开，打开房间的门跑下楼，经过祖母的房间时蹑手蹑脚的。我扭开大门的把手，夜晚的凉风贯进我的睡衣里，冻得我直哆嗦。

幸好那只鹿还在。

它有些气恼地对我跺了跺蹄子，说：“你下来了……”

我细细地打量着它。这是我有生以来第一次这么近距离地观察一只鹿，它的头上没有角，应该是一头母鹿。墨黑的大眼睛和长长的睫毛，很漂亮的一个小姑娘。棕色的毛皮上点缀着奇特的落叶形状的花纹，四肢矫健。身体的每一个角落都被笼罩在一片朦朦胧胧的白光之中。

“你身上的花纹怎么是落叶形状的？”我好奇地问。

“我也不知道。”鹿摇了摇头，“我还没明白是怎么回事，自己就变成一只鹿了。”

“变成鹿？”我瞪大眼睛，“那你原先是什么呢？”

鹿张了张嘴，没有说话，我看得出来，它有些气恼，很生硬地扭转了话题:“你快点回去吧，乖乖地睡觉。我还有些事要做……”

“我不要。”我倔强地回答，“除非你告诉我你原先是什么，为什么会变成一头鹿?”

“我不能告诉你……”鹿回答说，眼神却不住地朝房间里张望。

紧接着，我听到了一阵声响，还没反应过来，有人就已打开了门。

祖母两手插腰，看着我，问:“你在这儿做什么?”

“有一只鹿……”我急忙为自己辩解着，“它会说话。这太奇怪了，不是吗?于是我就下来看看它了。你看，它就在……”

我朝身边看去，奇怪的是，那只鹿居然不见了踪影。

“它刚刚还在这儿的……”我继续说，声音却渐渐落了下去。

祖母的眼神却突然变得温和起来，我不确定自己是否看到她笑了。她对我说:“快点进来吧，外边太冷了，当心不要着凉。”

我将信将疑地跑回小屋子，乖乖地回到房间里。满脑子都是鹿和祖母的古怪举动。

第二天早晨，我下楼去和祖母一起享用早餐。很普通的牛奶和自烤的面包，还有一盘红色的覆盆子，我尝了一颗，酸酸甜甜的。

祖母至始至终没有和我说一句话，这让我不禁怀疑昨夜的一切是否只是一个梦，眼前的老太太还是这样的古怪和刻板。

这一天，我独自一人几乎逛遍了森林里的每一个角落，先往南边走去，然后拐到东方返回，吃了午饭后我又到北边和西方的树林里转了转，红色胸脯的鸟儿叽叽喳喳地叫着，我始终没有看到那只鹿的身影。

忙碌了一天之后空手而归，我疲惫不堪也感到深深的失望，餐桌上，终于小心翼翼地和祖母提起了这个话题。

我尽量装作若无其事地问:“祖母，昨晚那只鹿，您认识吗?”

祖母一直没有放下手中的碗筷，过了许久才回答道:“算是吧，我认识一只和它差不多的鹿，但不是它。”

“您知道这是怎么一回事吗?”我继续问，音量提高了不少，“它会说话，它说她原本并不是一只鹿，而是……”

“而是什么？”祖母问。

“我不知道。”我如实地说，“它不肯告诉我。”

祖母没有接话，我也不知该从哪开始说起，一阵短暂的沉默。

“你会明白这是怎么一回事的。”祖母突然开口说话了，“以后你就会明白的，不用他人的解释。现在……”

她看了看我欣喜的表情，冷冷地说：“……吃你的饭。我不喜欢在餐桌上谈话。”

讨厌的老太太。我在心里嘟囔着，却生不起气来。

这天晚上，我等了又等，却迟迟没有看见鹿的身影，就这样一直一直趴在窗台上，一不小心就睡着了。

时间一天天地过去，鹿再也没有出现了。森林已经被我逛腻了，我熟悉了它的每一个小角落，在哪一共有几个蜂巢、几个鸟窝都记得清清楚楚。

祖母在我眼中依旧是个脾气古怪的老太太。她极少说话，空闲时就待在自己的房间里织补东西，躺在一张铺着毯子的摇椅上，依依呀呀地晃着身子。偶尔，她也会到屋子旁的小花坛里给花儿们浇水、施肥，然后就是在厨房里烤面包，煮两人份的饭菜。

令我惊讶的是，就在我快要离开这儿的那几天夜里，我又一次看到了那只鹿。

那天，我习惯性地站在窗台边，找不到鹿的身影，我就注视着天际的星辰发呆。可这时候，我分明又看见了那矫健的身姿。

我没有犹豫，打开门冲下楼去，跃进了洒满月光的院子里。

“你又来了？”我喘着气，对眼前的鹿说。

“对啊，我喜欢这里。”鹿回答我说，“你也很喜欢这里，对不对？”

“我说不清……”我说，“你先告诉我你怎么变成一只鹿的，原先又是什么？”

“如果我告诉你，我就不会出现在这里了呀。”鹿的眼睛里满是笑意。

我不解地问:“我听不懂，再说得明白一些，可以吗?”

鹿摇了摇头:“不了，反正总有一天你会懂的。今天我是来带你去玩儿的。来，乐意坐到我背上来吗? 我带你到森林里去转一转。”

虽然没有弄懂它话里的意思，但我接受了它的邀请，笨拙地爬上鹿的背，抱紧它的脖子，随着它在森林里欢快地动了起来。

森林里满是寂静恬淡的气息，露水滴答滴答的轻盈声响掩盖了一切。我转过脸去，注视着祖母的小屋子在树影中渐渐远去，最终化为了一道白莹莹的光，宛如童话中的城堡那般神秘动人。

我们就这样在森林里奔跑、穿梭，跃过一道道的藤条，在月光下划出美丽的弧线。最终，我们走上了一个小小的山坡。在这里，我们可以完整地看到整座森林在安静的夜色中平稳地起伏，静静酣睡，祖母的小屋子就嵌在其中，宛若一枚精致的小月亮，那般动人。

“很漂亮，不是吗?”鹿对我说。

“是啊。”我点点头，我从来没有发现，我是这样的喜欢这个小屋子，仿佛我一出生就该属于这儿似的。

最后的几天夜里，鹿每天都会带我在森林里游荡。

最后一次，我问它:“为什么每次都在晚上来呢，白天不可以吗?”

“因为我总在晚上做梦呀。”鹿认真地回答说。

“这和做梦有什么关系?”我发现自己又一次听不懂鹿的话了，“明天我就要离开这里了，所以今晚我就要和你说再见了。”

“你还会回来的。”鹿笃定地说。

我抚摸着鹿落叶形状的花纹，没有回答。

第二天，父母就来接我回家了。

我一个人收拾好行李，和第一次来到这儿时一样，差别只在于一个是拿出来，一个是收回去。至始至终，包括我在门口挥手告别时，祖母都没有再和我说过一句话。

我回到了熟悉的家里，却不再那么习惯了。很多时候，我都会倏地想起在那个森林里所经历的一切，想起祖母，想起那只鹿。然而城市里却没有那么亮，那么美的夜色了。

一直到一两年后，当我渐渐忘记了这些事时，一个不幸的消息又将这些记忆从我脑海中一一唤醒了：祖母去世了。

那几天夜里，我总是不断地梦到关于那座森林的一切，影影绰绰地看到那座小屋子的影像。然后，在一个梦中，我发现，自己有了真实的思想，变为了一只鹿，一只同样有着落叶形状花纹的鹿。

我忍不住接近了小屋子。然后，我看到了两年前，那个趴在二楼窗台上的我自己。

她对我说："你好。"

时间和空间以我最意想不到的形式重叠在了一起。我对小一点的我自己说话，看着她跑下楼来，走到我身边，问我那几个熟悉的问题。

当大门打开，祖母出现在门口时，我的身体突然窜过一阵欣喜与激动。正在这时候，我忽然从梦中醒了过来，森林随着梦境一下子消散了。

我不知道在最后那一瞬间，祖母是否看见了我。祖母仍活在我的梦境里，这让我欣喜不已。

我还有弄不明白的地方，我要亲口问一问祖母。第二天夜里，我的梦让我又一次出现在了熟悉的森林中。我刻意躲开在二楼的那双小眼睛的目光，钻到房檐下，用头顶了顶房门。

"吱——"门被打开了，祖母出现在我的面前。

出乎我的意料，她居然笑了，就像一个天真的孩子那样："我知道你会来的。你和我的经历一模一样。进来吧。"

她打开门，我跟着她走进小屋子，进入她的房间。

"祖母……"我小声地唤道。

"你是在梦中回到了这个地方，对不对？"祖母转过身来，轻轻地问，圆形的镜片闪着奇异的光。

我点点头。

祖母接着说，目光无限延长："我也是啊……这座房子原本也是我祖母的呀。很小的时候我在这儿住了一段时间，大概有一年之久。到了晚上，我总是会碰见一只鹿，它常常带着我玩耍，却藏着一些秘密不肯告诉我。然后，我就完完全全喜欢上这个地方了。后来离开了，也会时不时地回忆起来，后来这些回忆落进了我的梦里，我自己就变为了那只鹿，来陪小时候的自己玩耍了……”

“我不明白。”我说，“为什么会这样呢？”

“人对一个地方总是有着特殊的眷恋。”祖母冲我眨眨眼睛，“家自然是不用说的了，但还会有一个地方，也许是一个住处，也许只是一部分别致的风景，它会不断地触动着一个人的心弦，一次又一次地出现在他的梦中。这座小屋子、这座森林对我们而言就是这样一个地方啊。”

“那我为什么会变为一只鹿呢？”我继续问。

祖母眯缝起眼：“因为曾经的你想要遇见一只鹿呀。一只温柔的、可以陪伴在身边的鹿。”

真的是这样吗？但我没有问出声来，醒来后，我明白祖母的话是对的。

之后的几天夜里，当我又一次变为一只鹿，回到几天前的那片森林中去时，我邀请曾经的自己坐到背上来，带着她在森林里游荡。我享受这样一个过程，因为我们都是那样深爱着这个地方。

这是发生在好几年前的事了，到现在，部分记忆都已经变得有些模糊起来。爸爸没有把祖母的那座小屋子卖掉，于是每年夏天，我都会回到那座森林里去，到那座小屋子里去住一住，回想曾经的记忆。

所以，到现在我也不知道，那些事究竟是真实发生过，还是一个独特的梦。

但我并不讨厌这样不确定的感觉。因为，我发现心中装着一个地方，满满的，这就是幸福。

（作者简介见《古董小姐的帽子》一文）

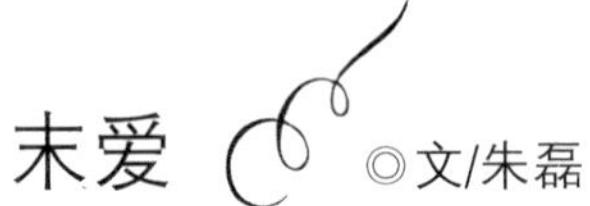

末爱

◎文/朱磊

序章

薄暮伤逝。夕阳向晚。绚丽的霞彩覆盖烧红了远方的一整片天空。

我站在教堂远处的一个高坡之上，丝落下的霞光照在头顶枝繁叶茂的流碧树上，给碧白如玉的叶片都镀上了一层如血的红色。瑟索的秋风从遥远地平线处聚涌过来，里面隐约夹杂着婚礼进行时的欢声笑语和乐曲声。

有暮晚归巢的飞鸟斜斜地从头顶掠过，发出一声尖锐的鸣叫，然后飞快地带着最后一抹萧瑟凉意消失在厚沉霞彩的背后。

摊开手中一直紧握着的湛蓝水晶吊坠，在绚丽的霞彩下，它闪耀着璀璨夺目的光芒，绝美如同一个沉睡的梦境。

最后看了一眼远处教堂在正在进行的婚礼，然后决绝地转身离开。在转身的刹那，有晶莹的宝蓝色泪滴迅速落下，湿润了我没有温度的眼眶和面颊。

一

公元 2520 年，人类的科技经过无数的变革，已经发展到了一个很高的高度。离地飞行的汽车，智能的机

器人，无数原本只在科幻电影才有的事物，都变成了活生生的现实。

当我从黑暗沉睡中醒来，第一次睁开眼，就看到了那个满脸慈祥看着我的女人。

她看到我醒来，激动得不知所措，她颤抖着的双手一遍又一遍抚摸着我闪光的金属外层，眼眸里闪烁着喜悦的泪光。

她哽咽着声音说，儿子，你终于醒了。

而我却在程序没有指令的情况下，说出了“素萍”这两个字。

后来，在洒满了淡蓝星光的屋顶上，我仰起头，望着那个被我称为“母亲”的人。我问她，母亲，素萍是谁？为什么我都从来没有看见她呢？

“母亲”只是苦涩地摇头，然后她俯下身子紧抱住我，不再言语。

奇怪的是，在这样被我的“母亲”紧紧抱住的时候，我感觉我的身体好像不再寒冷得没有一丝温度，金属的身体里，有什么在燃烧跳动。整个身体好像一瞬间有了改变，变得不再冰冷，不再坚硬。

从某种严格意义上来说，我并不是一个“合格”的机器人。我会简单的思考，会在疑惑时提问，会对某种事物产生属于自己的情感。还有，会做梦。

对，就是会做梦！

经常的，在按照“母亲”的指令关掉身上的电源休眠等待天亮时，我就会做梦。

梦很多很多，有时我会梦到我和“母亲”一起坐在那个洒满了淡蓝星光的屋顶之上，同样的场景，只是梦里面的“母亲”年轻了许多，她转过头来看着我微笑，笑容耀眼如同黑夜里的月光。

有时我会梦到一个面容英俊的年轻人，梦到他无数繁琐而杂乱的生活片段，他的喜、怒、哀、乐在我眼前呈现。甚至有些时候，我会错误地以为梦中的那个年轻人就是我了。真是荒诞而可笑的想法！

更多的时候，我会梦到一个穿着白色衣裙，面容看不真切的女子。她站在黑暗中离我很远的方位，虽然无法看见她的面庞，但我仍可以感觉到她投落在我脸上的温柔视线。那样温柔的视线，像是冬季冰雪过去后春季的温暖阳光，在我心里留下一种暖暖的感觉。

梦中的那个女子有时候会对着我这个方向温柔地叫出“蓝依”这两个字。从她充满柔情的语气中，我就猜想，那一定是她的爱人。

金属身体里的内核部分，突然涌现出一股酸酸的感觉。不知道，这是不是我芯片里载入的关于人类吃醋的描述。

可是，机器人也可以吃醋吗?

这不由使我害怕起来。芯片里的《机器人管制法典》第一条就规定了,为防止机器人拥有自主意识,凡是有超出程序之外举动的机器人，要一律给予销毁。

我不想被销毁，不想失去自己的生命。尽管我也知道“生命”这个词用在由金属和电线组成的机器身上是多么的可笑，可是，我是真的真的非常不愿意离开这个繁华而新奇的世界，我留恋清晨窗外遍布的金色阳光，留恋会落在我的肩上对着我叽叽喳喳叫个不停的小鸟，留恋繁星夜坠的夜幕，留恋陪我说话给我拥抱和温暖的“母亲”，还留恋那个梦中看不清面容的女子。

也许，我真的是一个不合格的机器人吧。而在这个世界上，所有被标上“不合格”字样的物品，都是要被销毁的。

我为此变得忧郁起来。我害怕突然有一天,有一群人冲进我的家里，把我送去销毁掉。

最后，我向我的“母亲”述说了我的烦恼，告诉了她我从行为到思想的种种不合格行为。我不害怕我的“母亲”会把不合格的我送去销毁，就像她说的，我是她的“儿子”。我可以感受得到“母亲”对我的爱，是那种浓厚到连我的冰冷躯壳都可以感受到温暖的爱。

“母亲”听了我的话之后反应远比我想象得要激烈,也不怪我的“母亲”，任谁亲耳听到一个机器人说他会思考会做梦会忧郁会怕被销毁，都保持不了冷静。

可是，“母亲”听到我的话后脸上表现出的情绪并不是震惊，更像是喜悦。“母亲”的脸庞因为太过于激动而变得通红，她一把抱住我，放声大笑着，嘴中尽是喃喃着一些我无法听懂的词语，什么“研究”“心脏”“复活”“契合度”……

事实上，我也没有工夫来理会这些稀奇而难以理解的词语，因为我的“母亲”竟然伏在我的身上大哭起来。我被吓得茫然不知所措，这个房间里只有我和“母亲”两个，没有其它第三者会把“母亲”弄哭了，所以那个让“母亲”伤心的罪魁祸首一定是我。

我不知道怎么来安慰我的“母亲”才好，芯片里存储的信息告诉我，这时的我应该用手帮我的“母亲”拭去脸上的泪水。我刚准备这样行动时，“母亲”就从我的肩上起来了，她自己用手擦了擦脸上的泪水，然后对我笑了笑，说，儿子，看到你这样妈妈真的很高兴，不用担心也不用怕，只要妈妈在，就没人可以伤害你。妈妈相信，总有一天，你的心会摆脱这具金属躯壳的束缚。

二

心会摆脱这具沉重金属外壳的束缚?

虽然我不懂母亲这句话的意思，但我还是很高兴看到母亲变得高兴起来了。

那天，母亲放下了手中的所有研究，亲手做了一顿丰盛无比的晚餐，并开了一瓶红酒。

除了我刚从黑暗沉睡中醒来的那时候，我已经很久都没看见母亲这么高兴过了，她脸上的笑容如同温暖的涟漪，徐徐荡开。

因机器人是不能进食的，食物会损伤我们的身体，所以，从头到尾，都是母亲一个人在吃。我坐在母亲的身旁，安静地陪着母亲，听着她说话，看着她笑。明亮灯光下，正侧过头去听着母亲说话的我，突然看见夹杂在母亲头发里的银丝，这些银丝是那样的耀眼，晃得我眼睛生疼。

从存储着人类从古至今全部知识的芯片里，我知道这些银丝对一个人类来说意味着什么。每个人类都有寿命终结离开这个世界的时候，而“老”和“死”这两个字永远连在一起。

尽管芯片里的知识告诉我，世界上没有永恒存在的事物，所有的一切都会老去，都会消失。可是，我还是控制不住地悲伤起来。好像有什么汹涌的情感就要从我的玻璃眼珠里流溢出来。

那些情感终究还是没有流出来，芯片里的知识明确告诉我自己，机器人是不会有眼泪。

眼泪，只属于有生命的生物。

而机器人，只是人类创造出的一件工具，而工具是不会有生命的。

喝了整瓶红酒后的母亲好像有些醉了，连路都走不稳了。抛开那些杂念，我抱起母亲，准备把她送去房间的床上休息。

机器的手臂力大无比，抱着母亲就像托着一片羽毛般简单。刚走了几步，怀中的母亲突然抬起头醉眼惺松地说，“儿子你真的长大了，都可以抱得动妈妈了。还记得你小时候吗，那时的你每天都吵着要我抱你，妈妈……”话还没说完，她就又沉沉睡去了。

母亲真的是醉得不轻，我在心底笑了笑，由一堆零件组成的机器人又哪有什么小时候可言。

母亲的房间我还是第一次进来，里面除了简单的一张床之外，就全是各种各样的实验器材和零件，多得数不胜数。把母亲小心安置在床上，给她盖好被子。突然，我的视线被放在床头处的一张照片给吸引住了。

照片是两个人，右边的那个在阳光下微笑的人明明就是母亲，只是，照片里她的脸上的皱纹还没有现在这么多，头发还都是纯正的墨色。

而左边的那个人，那个人！我简直不敢相信自己的眼睛，站在左边的那个对着镜头微笑的年轻人，就是我不止一次地在梦境中见到过的英俊青年。照片的背面还有一行小字：妈妈，希望你可以天天开心

快乐！——你最爱的儿子蓝依献上。后面还画了一个大大的笑脸。

我震惊得机械手臂忘了掌控，一瞬间失去了全部力气，照片被从窗外涌进来的寒风吹得飘落在地上。

三

那天晚上，我做了许多稀奇古怪的梦。

我一会儿梦到蓝依站在我的面前，嘴唇不停地动着，可我却完全听不见任何声音；一会儿梦见我变成了蓝依的模样，在和照片相同的背景前相同的阳光下和母亲拍着照；最后又梦到黑暗里，那个一直都看不清面容的女子，对着我不停喊着“蓝依”这个名字。我想告诉她我不是蓝依，我只是一个连名字都没有的机器人，可是，就在我准备开口的时候，我偶然间一低头，就发现不知什么时候起我又变成了蓝依的模样，身体也不复坚硬冰冷，而是人的那种柔软和温暖。

我向离我很远的那个女子跑去，我想要知道她到底是怎样的面容，我想问她是不是叫素萍。可是，就在我快要接近她的时候，脚下突然一滑跌倒在地上。在我倒下去的瞬间，梦境碎裂成了无数的破灭的残片。我终于从纷杂的梦境里醒来。

一切都没有改变，我还是我，金属的冰冷身体，僵硬的机械动作。梦境中那种人类才有的柔软温暖身体，令我久久都不能忘怀。我突然想有一个名字，就叫蓝依，因为母亲的儿子就叫这个名字，所以理所当然的，我也应该叫这个名字才对。

母亲醒来后，我走到她的面前，低声说，母亲，我决定有个名字。

母亲一怔，但又很快恢复自然，“那你要取什么名字呢？”

“蓝依！”我语气肯定地说出这两个字。

之后，我便有了自己的名字。

有了名字后的我变得快乐起来，一天到晚地在房间里活蹦乱跳。

可惜的是，母亲的工作却变得越来越繁忙起来，她房间里的灯经常是整夜整夜地亮着。每次看见母亲，我都可以清楚地感觉到她脸上掩饰不住的疲惫。可母亲还是对着我微笑，说不累不累，妈妈没事的。

我也曾不止一次地想去帮助一下母亲，可是，每次母亲都把我赶出来，说她的研究我不懂，让我好好去玩。我只好作罢。母亲是一个非常有名的科学家，专门研究机器人。在家里的东墙上，挂满了各式各样的奖章。

其实无论有没有这些荣誉，母亲在我的心里，都是这个世界上最伟大的人。

我还是经常会做梦，梦中的我已经完全变成了蓝依的模样，有人类该有的一切，柔暖的皮肤，跳动的心脏，流动的血液。可是，在我醒来面对着镜子时，我总会一阵难过。镜子中的我，依旧是光秃秃的脑袋，机械僵硬的动作，冰冷的金属外壳。

这种状态一直持续到我生日那天。

那天早上母亲终于从她的房间里出来，洗了澡换上了一身干净的衣服。然后她拿着一个大箱子递给我，微笑着说，“儿子，今天你生日，这是妈妈给你的生日礼物。”

生日？我有些疑惑，在我的记忆里，今天不是什么特殊的日子，更不可能是我的生日。并且，机器人有生日吗？我没听说过。

可是，母亲的礼物我还是收下了，我不想让我的母亲不开心，而且芯片里也有说，拒绝家人送的礼物是很不好的行为。打开箱子，我喜悦高兴地无以复加，里面是一整套的仿真皮肤。我终于明白为什么母亲这么多天都把自己关在房间里彻夜工作，原来就是为了给我准备这份礼物。

“还傻站着干什么，快点换上吧。”母亲看着我淡然微笑着说。

再次站在镜子前，我几乎不敢相信我的眼睛。

这还是我吗？套好全部的仿真皮肤和假发，穿上母亲从衣柜里找来的衣服后，我成了活脱脱的“蓝依”。

真的是活脱脱的蓝依，和照片中和我的梦境里的蓝依一模一样。我真的成了“蓝依”，就如同我的名字一样。

尽管之前我曾不止一次地想要变成我梦境里的蓝依，可现在愿望达成时，我却不知道身体里的感觉是兴奋还是失落，总之我在镜子前沉默了。

我突然想起了那个刻在我灵魂深处的名字，素萍。不知道她是否是我梦境的那个女子，也不知道她是否也存在于现实世界。

吹生日蛋糕上的蜡烛时，母亲问我有没有什么愿望，于是我说我见一见素萍。直觉告诉我，母亲是知道素萍的，或许和她认识也说不定。

母亲顿时沉默，没有说答应也没有说不答应。

四

中午，母亲让我和她一起出去，说要实现我的愿望。难以想象的狂喜，我兴奋得几乎要大叫起来。

午后的阳光如同溪涧般清澈透明，风中夹杂着一股甜甜的花香。道路上干净得一尘不染，两旁栽种着四季常青的流碧树，这种树木是经过科技培育出的新品种，不会因为季节的变化而凋零。并且因为它的叶片在阳光下会显得碧绿无比，好像里面有液体在流动，所以人们给这种树取名为流碧树。

坐在磁悬浮汽车上，我透过车窗打量着外面新奇的世界。

街道两边的店铺里，我看到了许多机器人的身影，他们在里面做着各种各样的工作。

行人来来往往，磁悬车辆川流不息。

在车上，母亲语气严肃地叮嘱我，让我千万不要在除了她之外的任何人面前显现出我和别的机器人的不同，不许在别人面前表现出半点机器人不该有的情感，不许和别人说自己会思考会做梦。

看到母亲这样严肃，我连忙答应下来。我知道，母亲这是为了我好，如果别人知晓了，难保他不会向政府举报来换取奖金，到时候，我的唯一命运就是被销毁。

磁悬浮汽车速度非常快，大约五分钟左右，就到了目的地。母亲率先打开车门下了车，然后我也跟着下了车。

在我眼前的是一栋天蓝色的房屋，庭院里长满了五颜六色芬香袭人的花朵，只留下一条只能容一人通过的布满鹅卵石的小径。我的身体突然如遭雷击般僵硬起来，一个身穿白色连衣裙的女子正弯下腰专心致志地给庭院里的花朵浇水，她是那样地全神贯注，以至于连门外站了一个人和一个机器人都没有发觉。

阳光如同一匹暖意的金帛，轻轻覆盖在她的身上，把她周身轮廓都染上了一层金边。风轻轻地吹过，花朵一阵摇晃，她垂下的如同瀑布的青丝也被风吹得散乱开来。

这样的场景，在我的记忆里好像似曾相识，可我却忘了是在之前的什么时候。

“素萍！”母亲突然对着她喊了一声。

庭院里阳光下的她直起腰，缓缓转过身来。

第一秒，她的视线突然失神，身体也骤然僵硬。

第二秒，她的眼眶微微地红起来，像极了要下雨时的天空。

第三秒，她任由手中的水壶摔落在地上，不顾一切地朝我奔跑过来。

最后，她扑到还在茫然之中的我的怀里，放声大哭起来，泪水把我的衣服晕染开了一大团如绽开花朵般的水渍，她哽咽着说“蓝依，真的是你吗？我不是在做梦吧。从此我们再也不分开了”。

太多太多的事，让我的思维几乎转不过弯来。在第一眼看见她的时候，我知道她就是那个在我梦中一直呼喊着“蓝依”的女子，因为在她身上我可以感受到那种熟悉感觉，一如梦中。其实在之前，我就隐隐猜到那个在我梦境中的女子就是“素萍”，只是不敢确定。

正在我怀中哭泣的素萍突然一把推开我，眼眶通红脚步踉跄着向后退去，眼中写满了怀疑和不信任。

机器人就算外表再像人类，但本质依旧无法改变。机器人没有带着体温的柔软肉体，皮肤就算做得再仿真，但毕竟永远都成不了真的。

她，一定是感觉到了吧，没有温度的仿真皮肤下的坚硬金属。我在心里想。

气氛显得有些尴尬，我想如果我可以像人类一样拥有脸红的功能话，此时我的脸一定比红苹果还要红一些。

最后还是母亲开口打破了我的尴尬，“他的名字确实是蓝依，不过早已不是之前的蓝依了。你忘了吗，早在三年前，我的那个儿子蓝依，为了救和他赌气任性穿过公路的你，早就死了。”说到这里，站在母亲身旁的我，清晰地看到了她眼中在阳光的映衬下闪亮的晶莹，里面是沉甸甸的悲伤和怨恨，对站在面前的通红着眼眶的素萍的怨恨。

好像触动了什么悲伤的回忆，素萍的脸色变得苍白如纸，电子的眼睛让我清楚地看到她的身体在风中轻微地颤抖着，手指的关节也因为握得太过用力而变得失去血色。

我不忍起来，看到她这样，我身体里的某个地方也剧烈地颤抖疼痛起来。我扯了扯母亲的衣袖，用只有她一个人才能听见的声音小声哀求道，“妈妈，你不要再说素萍了好不好，不要再说了好不好？”

这是我第一次用“妈妈”这个词来称呼我的母亲，为了不止一次在我梦境出现的叫作素萍的女子，这个留在我灵魂深处的名字。

我这样一开口，母亲脸上的冷硬表情立刻冰封瓦解，她看了一眼还在低着头沉默不语的素萍，长叹了一口气，真的不再开口了。然后母亲便独自乘车离开了，在离开时，她对素萍说只要照顾好我，那么以前的恩怨便一笔勾销，她再也不会去怨恨三年前的什么了。

五

我在思考着该以怎样的姿态去面对素萍，虽然母亲说过在别人面前绝对不能露出自己与其他机器人的不同，但是，不知道为什么，在我的感觉里，素萍不应该是外人。

她领着我进了屋。房屋内很干净，看得出主人经常清扫。房间的正中摆放着一架纯白色的钢琴，阳光从高大的落地窗汹涌地流进房间，金色的光线宛若精灵在纯白钢琴上闪耀跳动，梦幻般的美丽。

那天的夜里，对着透窗而来照在我脸上的清冷月光，我失眠了。我想如果我现在出门到街上随便告诉一名人类，说我一个机器人晚上睡不着觉失眠了，他一定会惊讶得嘴里可以塞下三个鸡蛋吧。

想想觉得很好笑，然后又觉得很苦涩。

就这样对着月光胡思乱想，一直到晨光微曦才昏沉沉地睡去。

感觉我好像做了一个短暂而悠长的梦，梦境中很多画面杂乱地陈铺在一起。

有蓝依温柔牵着素萍的手走在暮色苍茫道路上的画面；有蓝依抱着素萍站在鲜花盛开的庭院里的画面；还有在落满金色阳光的纯白钢琴旁，蓝依坐在一旁安静听她弹琴的画面……我知道那是蓝依，真正的有血有肉的蓝依。我以看客的身份在梦里看着，也许梦境只维持了一瞬，又也许时间流淌了千年，在梦境里，时间的概念永远朦胧模糊。

我是被客厅里传来的钢琴声给惊醒的，推开门，我就看见了坐在钢琴前的素萍。清晨金色的曙光透窗落在她的身上，把她的发间流渗成金黄，清澈如同溪涧的乐曲就从她灵动的指尖流泄而出。

估计是我的开门声惊扰到了她，她转过头来看向我，像是触动了什么回忆般，清丽的瞳仁微微地有些失神，手也忘记了动作，琴声就这样骤然停顿下来。

世界好像也就这样静止安静了下来。这样的对视仿佛持续了一个世纪的长度。

“你也叫蓝依？”她打破沉默开口问。

“对，我的名字是蓝依。”我回答道。

“那你以后就不要叫‘蓝依’这个名字了。”她把头转回去，重新弹起琴来，只是那琴声，再也不复开始的轻快和欢乐，变得悲伤沉重。

“这个世界上，只有一个蓝依，永远只有一个”，她头也不抬地轻声说，“其他东西，就算外表做得再像，但永远都不会是真的。”

我怔怔地站在原地，不知道该回答什么好。

“我跟你说这么多干吗，你只是个机器人罢了，又听不懂。”她轻声叹了一口气，便起身离开了钢琴。

偌大的客厅只留下我一个人站在那里，身子被阳光拓落成地板上的墨色黑影。也许，就像人在阳光下便会显现出自己的影子一样，而我，就是蓝依的另外一个影子。以他附属的形式存在，却又永远成不了真正的他。

六

可我终究还是没有改名字，蓝依依旧还是“蓝依”，就算是作为别人的影子活在世界上，我也愿意，只要可以让别人记住有过我的存在就好。

在春末夏初的时候，有一段雨季，整天整天地都在下雨，很少看到天空可以放晴。

母亲还是会经常来看我，给我更换能量板替我检修身体还有陪我聊天说话。

经过了一个多月时间的接触后，素萍也接受了我比其他任何一个机器人都要奇特的事实，她把这一切都归功于我的母亲，因为她是一个著名的研发机器人的专家。

母亲也告诉了我关于她的亲生儿子蓝依的事，她说三年前蓝依和素萍是一对非常恩爱的恋人，原本两人都准备一起步入婚姻的殿堂了，可是就在婚礼的前一天，两人在大街上闹了矛盾，素萍赌气朝公路的对面跑去，可她却没有注意到飞速行驶过来的磁悬浮汽车，在最后的时候，蓝依跑过去一把推开了她，可自己却被撞飞出了几十米，因为受伤过重，抢救无效死亡。

在给我讲这些时，母亲脸上的表情无比平静，看不出任何喜怒哀乐，而我却感觉到母亲对我隐瞒了一些很重要的事，

我问母亲，问她是否还在怨恨素萍，要不是她，她的亲生儿子蓝依就不会死。

母亲只是云淡风轻地笑笑说，她在之前的三年里，几乎没有一天不在怨恨，但是，现在的她已经看淡了不再恨了。

我问母亲为什么，她抚摸着我的头，微笑着说，因为妈妈有了你啊！

心里是暖暖的感觉。

素萍长得非常漂亮，精致的面容，长如瀑布的青丝，阳光下的她就像是童话中的公主。

每周的周日，都会有一个穿着得体的手捧鲜花的年轻人站在门外，从母亲口中我听到过，他是素萍的追求者，当初追了她整整四年，后来因为蓝依的出现才放弃，自从蓝依死后，他又重新开始追求起了素萍。手捧着鲜花站在门外的他经常说出一句话，素萍，让我一辈子照顾你好不好？

三年了，素萍一直都没有应睬他，有时嫌他烦了，直接从他手中抢过鲜花一把扔掉。可他却还是一直都没放弃过，无论受到怎样的对待，他都会在下个周日重新手捧鲜花面带微笑地站在那里。

说不出为什么，当第一次看见他手捧鲜花站在门外的时候，我变得紧张变得胡思乱想起来。他是谁？为什么会捧着鲜花？他是素萍的恋人吗？这么多疑问突然从脑袋里涌现出来。

当素萍拒绝接受他的鲜花并把鲜花扔在地上时，我长长地松了一口气。连我自己都不知道，什么时候起我变得这样在乎她的一举一动一颦一笑。

也许，我是爱上她了，脑子突然闪现过这样的念头。

日子如同流水般平静流淌过去。

随着时间的推移，我发觉我思考问题越来越快越来越全面，情感也变得越来越丰富，简直就像一个真正的人一样。

脑子里好像有什么记忆要破土而出，尤其是见到素萍时，这种感觉变得越发明显。

现在的梦境里，我再也不是旁观的第三者，而是变成了蓝依本人，还是那些和素萍在一起的甜蜜画面，可是感受却完全不一样。于是在每次梦境结束，我都会花上整个白天的时间去留恋去回忆。

或许是因为我的外表原因吧，素萍对我非常的好，有时候会让我坐在旁边听她弹琴。但经常是弹着弹着，她的泪水就会落下来，她说，以前蓝依最喜欢这首曲子了，每次都会坐在我身边听我弹给他听。

其实我想说，这首曲子我也不止一次地听过，在梦里你的身旁。但我张了张嘴，终究还是没有说出口。

她还经常会带着我出去游玩，她说，这些地方，都是她和他曾经来过的，她们在这里留下过无数美好的回忆。在对我说这些话时，素萍回过身来看着我，脸上是甜蜜的笑容，眼眶却被晶莹的泪水湿润。在这一刻，甜蜜和哀伤在她的脸上完美地结合在了一起。

这些地方我并不陌生，在梦境里我变成蓝依时，曾经不止一次和她来过。

我不由自主地走过去，把还在流泪的她抱在自己怀里，她身上带着的温度，把我冰冷的躯体都温暖了。她没有抗拒，反而把头依靠在我的臂弯，哭得更加伤心起来，她哽咽着说，蓝依，我真的好想你，也真的好爱你，当初我不应该那么任性的。对不起！对不起！

在那一刻，她完全把我当成了她至今都深爱着的蓝依，对着我，她把憋在心里三年之久的想对他说的话都说了出来。我所能做的，就是做一个合格而安静的聆听者。

同样在那一刻，我也把自己当成了真正的蓝依，就像无数次在梦境中安慰伤心哭泣的她一样。我用手轻轻抚摸着她长长的墨发，把她紧拥在怀里，在她耳边轻声说，“萍儿，不要哭了，再哭就变成花脸猫了，就不漂亮了哦。还有，我都跟你说了多少次了，无论什么样的情况下，‘对不起’这三个字都不要对我说出口，这三个字显得太生疏太冷漠了。小爱哭鬼，我不是还在陪你身边吗，为什么要哭呢？”

连我自己也不知道我为什么会说出这些话，话说出口之后，我自己都怔在了那里。

素萍停止了哭泣，抬起头用不可置信的眼光看着我。“你到底是谁？”她突然开口问。

“我是由母亲创造出的叫蓝依的机器人。”我老老实实回答。

“不！你是蓝依！你一定就是蓝依！除了他，没有人会这样安慰我，没有人会用相同的语气叫我萍儿，也没有人会这样喜欢叫我小爱哭鬼。”她用手臂拭去脸上的泪水，眼神坚定地说，“从前我每次任性犯错，对他说‘对不起’这三个字时，他都会像你这样说出这些话，他觉得‘对不起’这三个字太过于生疏和冷漠，用在我和他之间非常不合适。蓝依，你一定还在生我的气对不对，所以才一直都不来和我相认。我真的知道错了，我以后再也不会对你那么任性了，你就原谅我好不好？”

我不知道该回答些什么好，我感觉自己从一开始就进入了一场迷局，无数的问题我都不知晓答案。

为什么我不同于其他机器人，有喜怒哀乐；为什么我做过的梦，现实里都真实存在过；为什么我在梦里会成为蓝依，而不是其他人；为什么明明都没有见过素萍，但却刻骨铭心地爱上了她；为什么看着我从黑暗醒来的母亲那么的好，也从不对我的异常行为感到诧异……脑海中无数的为什么，估计只有我的母亲能给我答案，破解这场迷局。

七

当我跟随着素萍再次回到这间房屋前时，天空正飘洒着连绵的细雨。这些雨水打在脸上，感觉到轻微的寒意。

母亲看到我们俩并没有多么的惊讶，好像早已知晓了我们来的目的，她让我们先坐下，自己去泡了两杯茶。素萍一杯，她一杯，而我是机器人，是不能吃喝任何东西的。

也不等素萍开口询问，母亲就把关于我所有的一切都说了出来。

听完了母亲的话之后，所有的人沉默了，谁都没有开口说话，只剩下挂在墙上的摆钟“嘀嘀嗒嗒”的声音充斥着整间房屋。

原来，我就是蓝依，母亲的儿子，那个三年前就因为抢救无效而死去的蓝依。我早就死了，可是对我倾注了全部爱的母亲不愿看到我就这样死去，她把我的遗体冷冻起来，决心让我以另一种方式“复活”。经过了三年的研究，她成功了，让我以另一种身份从死亡中醒来。

其实，我并不是严格意义上的机器人。我处于人与机器人之间，我拥有机器人的金属外壳，机器人的集成电路，机器人的钢铁骨架。但是，我也同时拥有着人类最重要的心脏和大脑，母亲把我的大脑和心脏和其他一些可以移植的器官都移植进了那具机器身体里，让我获得新生。所以，我会和其他机器人不同，拥有人类才有的情感，会在梦中接触到从前的记忆。

尽管这样，可我还是隐隐感觉母亲仍隐瞒了什么。同时我也注意到，母亲在望向我时，眼底闪现出浓郁的苦涩哀伤。

之后，母亲把我单独叫去她的房间，当我从房间中出来后，忍不住落下了宝蓝色的眼泪。

这是我从死亡中醒来后的第一次流泪，这是第一次，但我知道绝对不会是最后一次。

在房间里，母亲说了她的生命已经所剩无几了。在之前的三年，为了复活我，母亲长时间废寝忘食地研究，早已透支完了她全部的健康，患上了绝症。连医生都说，母亲能够坚持到今天，不能不说这是一个奇迹。

我和素萍像从前那样，我坐在她身旁听她弹琴给我听，还是那首我最爱的曲子，这是素萍专门为我们写的曲子，名字就叫《依萍》，在我和她的名字里各取一个字组成。她不止一次在我耳边温柔地说，在我们婚礼时，背景乐曲就放这一首《依萍》。

我对着她微笑点头，说，一定会有那天的。

但转过头去时，我的冰冷眼眶却被炙热的泪水温暖，心里是难以言喻的苦涩。

那一天我还能等到吗？还能够拥有吗？

她送给我一个湛蓝的水晶吊坠，她说，要我一辈子都把它戴在身上。我点头答应。她靠在我肩上幸福微笑。

我经常抱着素萍在落地窗前看落日，看着晚霞燃尽，夜幕落下。我喜欢落日，因为它代表着整个白昼的结束，携带着整个日光的温暖沉入漫长黑暗，有种悲凉的美丽。

多么像我自己，我在心里对自己说。

那些三年前我和素萍去过的地方我们又故地重游了一遍。未曾改变的美丽景色，只是观赏的人变了。

我已经感觉到自己的意识开始缓慢溃散消失，我知道，终有一天，我会完全失去这具身体的掌控，然后变成一个没有情感普普通通的机器人。

又回想起在那天的房间里，母亲对我说过的话，她说，经过她这么长时间的对比发现，我的大脑和心脏正在飞速地衰老，用不了多久，我就会失去全部的意识完完全全地死亡。

她还说，这种衰老其实完全可以避免，只要我删除脑中的一切记忆，减少大脑的负担就可以。说着，母亲从墙上的暗格里拿出一个机器，母亲说这是她在之前为了复活我的三年里无意中发明的机器，可以随意地修改、增加和删除记忆。因为这种机器如果被别有用心的人得到了，会引起一场灾难，所以母亲把它藏匿了起来。

我问删除了记忆后的我会怎样，母亲说我会忘记一切，忘了她，忘了素萍，忘了从出生到现在的全部事情。

我想了想，最后还是选择使用这个机器。但不是删除脑中的记忆，

而是让我记起之前的全部事情。虽然这会像母亲说的那样大大增加我大脑的负担，加速我的衰老。

但是，人生不就是因为这样的几次疯狂举动才有意义吗！

最后，母亲还是流着泪替我恢复了之前的全部记忆，临走时，我说我将来会用到，向母亲要走了那个机器。

我感觉到死亡在向我逼进，我的意识越来越微弱，有时会突然得连自己的身体都控制不了。我知道，自己的意识坚持不了几天了。

在那一天的夜里，我对在我身旁熟睡的素萍使用了那个机器，把我和她的回忆和她对我的爱都修改成了那个每个周日都会手捧鲜花站在门外的青年。

在我死去后，我不愿素萍在世界上孤孤单单的一个人，不愿她一辈子沉浸在悲伤的沼泽里。我要找一个人替我照顾她，替我爱她，给她幸福美满的生活。而经过我用机器的考查，那个年轻人真的是一个很好的人，温柔、体贴、善良，从他的记忆里，我可以感受到他对素萍的爱不比我少。

你会拥有幸福的未来，会有人替我爱你！我对着沉睡中的素萍轻声说，月光洒满了她的头发，让她美丽得恍若童话中的仙女。

最后一次浅吻了一下她的额头，宝蓝色的泪水如同断了的线珠一般不停地落下，掉在地面上，在安静的夜里发出清脆的回响。

八

我同时也把我和素萍一起时的记忆复制了一份在那个青年的脑袋里，只是主人公被我改成了他。并且我还在他们两个人的脑中留下了三天后结婚的信息，婚礼的背景乐曲一定要选用那曲《依萍》。

看到他们婚礼举行，听到那曲《依萍》后，我离开了。

往事如烟，这一切都不再属于我了，还是不留恋更好。

打开家里的门，我来到母亲的房间，对着墙上母亲的遗像微笑了下，轻声说，妈妈，我马上就可以在另一个世界见到你了。

我倒在床上，手中紧握那串湛蓝水晶吊坠，意识慢慢陷入到无边的沉寂黑暗。

在最后的那一刻，无数的回忆纷杂而来。

手中一直紧握的水晶吊坠也松了下来，落在地面上发出一声清脆的声响。

一如心碎声。

朱磊，生于1994年10月12日，180cm的身高站在老师面前经常给予老师莫大鸭梨。性格如猫般温和，回想至今仍未和身边的任何一个朋友同学争吵过。生活中也如猫般贪睡，从初中至今包揽了班级迟到第一的宝座，并有望一直保持到高中毕业。（获第十四届新概念大赛一等奖）

萤火虫之约

◎文/王君心

七岁以前的夏天，苏苏都是在乡下的奶奶家度过的。

那是一个雨水充沛的南方小镇，素白的墙和黛青的檐，墙角葱绿的草叶细长，老屋子整齐地排在广阔的田野边上，像是沉默少言的守望者。

这儿从不落雪，春天的油菜花不如北方绚烂，秋天也没有好看的枫叶和仿佛挂满灯笼的柿子树。只有到了夏天，饱蘸了雨水的小镇才显露出她独有的特色：宛如浸在水中的一枚新月，逐渐水灵而光鲜起来了。

夏天的夜晚，是萤火虫的盛会。

奶奶搬出青竹做的摇椅，在屋子边上吱呀吱呀地纳凉，苏苏摇着蒲扇，踏着淡蓝色的拖鞋，啪嗒啪嗒，独自跑进田野里撒欢去了。

在南瓜藤里用蒲扇扑流萤，坐在田埂上看星星，像是童话里的夜晚。

拂过田间的凉风是浅浅的蛋清色，泉水似的一小股一小股地冒出来，沁着南瓜花的芬芳，晃着月亮的淡淡影像。

田野深处的草可以淹到苏苏的腰，可她只顾着摇着手里的蒲扇，笨拙地跟在一只又一只萤火虫身后，全然没有发觉脚下的一切。

蒲扇上还透着一星儿绿色，散发着好闻的香气。

这是奶奶亲手做的，用的就是这片田野里的新鲜芦苇叶，已经在苏苏的手里不知晃过了多少个夏夜。

萤火虫从没有扑到过一只。累了，苏苏就坐在田埂上，抬起头数星星。

有月亮的夜晚，星星并不多，可每次还没有数完，奶奶就会迈着颤悠悠的步子，走到苏苏身边，拉起她的手，和她一起穿过柔和在一片月色中的田野，伴着萤火虫的火光，慢悠悠地回家。

不管苏苏跑得有多远，还是月亮根本不出来的夜晚，奶奶总能在苏苏数完星星之前找到她，什么也不说，只是拉起她的手，带她回到熟悉的老屋子里。

“奶奶总能找到我呢，真是太神奇了。”苏苏在心里嘀咕着，乖乖地跟着奶奶走。

有时候苏苏会撒娇地让奶奶背自己回去，小手勾着奶奶的脖子，俯在奶奶并不坚实的背上安然睡去，仿佛再没有比此时更安心的时刻了。

紧接着就迎来了苏苏六岁那年的夏天。

春意刚刚褪去，小镇上落了一场格外充沛的雨，一连好几天夜里，苏苏都出不了门，她气恼地趴在窗台上，眼巴巴地祈求神灵快让雨停下。

云雾散去的那个黄昏，星星吧嗒吧嗒地吐出黄晕。苏苏迫不及待地冲出门，一头钻进了熟悉的田野里。

她摇着蒲扇，在田野里不紧不慢地走着，雨后的田野仿佛一颗露珠，浸满了清新的草香。可是，就连一只萤火虫也没有。

“今年的萤火虫都到哪儿去了呢？”苏苏一边往原野深处走去，一边沮丧地嘟囔：“是烦透了我每天追着它们跑，都离开了吗？”

苏苏没发现自己就这么说出了声，只是在自己的脚边，听到了一声小小的回应。

“你听得见吗？我在这里……”

苏苏惊喜地顿下身去，一眼就看到了脚边一块小石头上的萤火虫，一只暗淡的，没有光彩的萤火虫。

“太好了，你注意到了。”萤火虫又说了一句，像是在自言自语。

“为什么要躲在这儿，不飞起来吗？”苏苏紧接着问。

“是飞不起来啊……”萤火虫摇了摇头，“今年的雨水太大了，一定是夏天的恶作剧！翅膀被雨水粘住了哟，张不开，就飞不起来了啊……不只是我，大概田野里的整个萤火虫家族，都是这样吧。”

苏苏轻声接过话：“所以今年才一只萤火虫都看不到。”

萤火虫认真地点了点头，提出了要求：“请协助我们，让我们飞起来吧。”

“要怎么做？”苏苏来了兴致。

“你认得灯芯草吗？在这片田野里数也数不完，把灯芯草的嫩叶揪下来，用池塘里的卵石研碎，然后在月光下晾干，直到变成淡黄色的粉末，洒在这片田野里。这些，可以做到吗？”

苏苏点点头：“可以啊。”

“那真是太感谢了。等我们再一次飞起来时，一定要好好地谢谢你。这样吧……”萤火虫凝神说，“你可以许一个愿望，什么样的都可以，由我们用魔法来帮你实现。”

“真的吗？”苏苏瞪大了眼睛。

“绝对没问题。所以，用灯芯草的粉末让我们再一次飞起来吧。”萤火虫诚恳地结束了话题。

这天晚上，没等奶奶到田里来找自己，苏苏就飞快地跑回了家，依依呀呀和奶奶说起了萤火虫的事儿。

“要相信萤火虫的话。”奶奶笑眯眯地说，“不是有这样的说法吗：萤火虫就是那个世界的人们的信使。我就在那片田野里再一次遇见了你死去的爷爷啊。”

“真的吗？”苏苏缠着问，“可我每天晚上都在田里，为什么一次都没碰见过爷爷呢？”

“苏苏从小就没见过爷爷吧。”奶奶半眯着眼睛，像是在思索着什么，眼角的鱼尾纹挹在一起，银白色的头发泛着柔光，“因为并不十分想念啊……”

不等苏苏开口，奶奶又无限慈爱地摸了摸苏苏的头，“所以按照萤火虫说的去做吧。”

第二天，苏苏就找到了需要的灯芯草和池塘里的小卵石，费了不少力气总算把草叶研碎了，其中当然有奶奶的帮助。

月亮升起的时候，把这些草末摊在石板路上，晾了一个晚上，第二天早晨果然奇迹般地变成了浅浅的黄色粉末，像是南瓜花的花粉，有一股说不出的香味。

奶奶慢悠悠地弯下早已不灵便的腰，帮苏苏用南瓜叶子把灯芯草的粉末包了起来："这样，今天晚上就可以去帮助那些萤火虫了。"

苏苏认真地点这头。

傍晚的余晖还未散去，田野里摇荡着云霞般的橙色，苏苏紧紧搂着用南瓜叶子包好的草粉，来到了前天和萤火虫相遇的地方。

“我把草粉带来了。”苏苏蹲下身，对卵石上的萤火虫说。

萤火虫高兴地喊了起来："太好了，现在就把它们洒在田野里吧，尽量洒得均匀，面积大一些，可以吗？"

苏苏扑地直起身，打开南瓜叶包，用手里的蒲扇接下一撮粉末，让晚风将它们带入四周的田野。

苏苏一边跑，一边小心翼翼地洒下灯芯草粉。

随着浅黄色粉末在田野里的散开，原本清澈透明的夜空忽然变得朦朦胧胧起来，当荷叶包里的粉末统统不见了的时候，一朵朵小小的星光又开始在草夜间摇曳闪烁了。

萤火虫陆陆续续地闪耀起来，星星点点的光芒随着风从苏苏的脚边扩散，波纹一样地荡开，一直漫延到整片田野，比星空还要夺目，宛如一首歌响彻整个大地。

“真是太感谢了，大家总算都恢复过来了。”一只萤火虫停在了苏苏的眼前，“说出你的愿望吧，我们马上就帮你实现。”

“愿望？”苏苏这才发现，自己根本没有考虑过这个问题。

“是啊，说出你的愿望吧，让我们帮你实现——”

萤火虫们异口同声地说，马上就被打断了，一个声音从不远的地方飘来：“苏苏——”

苏苏先是一愣，萤火虫们忽地散开了，一个女人走到苏苏面前，一把搂住了她。

是苏苏的妈妈。

“我来接你去我那边了。”妈妈开口说，“回去和奶奶告别吧，明天早晨我们就离开这里。”

“可是，萤火虫——”

“萤火虫？”妈妈不解地看着苏苏，牵起她的手，拉着她朝老屋子的方向走去，一边说：“都说萤火虫与死人有什么联系，怎么说都有些不吉利，快离开这儿。”

苏苏没有再说话，她晃晃手，发现奶奶的蒲扇不见了，急得喊了起来：“蒲扇，妈妈，我把奶奶的蒲扇弄丢了！”

可是妈妈一直没有回头：“那东西以后再也用不到了，奶奶自己还有，先不要管它了，我们走吧。”

苏苏扯着自己的衣角，磕磕碰碰地任由妈妈拉着自己穿过黑漆漆的田垄。

回到老屋子，奶奶并没有对苏苏说些什么，她似乎早就知道了妈妈要来带走苏苏的事情，第二天为她们准备好饭菜，在门槛后边为她们送别。

被风带起的银白色头发，慈祥的面孔，这是苏苏对奶奶最后的印象。离别的时候眼里明明还啜着泪水，可许多年后的苏苏发现，关于奶奶的这一切，都已经变得模糊而粗糙，像那片缀着萤火虫的田野，以及不知何时遗落的蒲扇，都被嘈杂的虫鸣渐渐覆盖，终于从记忆里漏去了。

一直到奶奶逝世的消息传来。

这时候的苏苏已经是个十多岁的女孩儿了，在城里生活的她，对童年时的小镇生活已经没有多少印象，可听到妈妈说起这件事时，心里的某个地方还是闷闷地疼了起来，拉扯着心情，忧伤浓得化不开。

再一次回到小镇上时，又是一个夏天了，那是小镇最美丽的时刻。

黑瓦白墙的老屋子看起来比以前更加老旧，墙角的草叶葱郁得有些苍莽，门槛几乎被磨平，青竹做的摇椅静静地靠着房间的角落，落了一层黯淡的灰。

"奶奶……"苏苏在心里唤着，却再也叫不出那份真切的情感。

大人们忙了一整天，傍晚时分，老屋的顶上终于又冒出了一股暖人的炊烟，在夕阳的映衬下缥缈生姿。

夜色摇荡起来的时候，苏苏就站在田野的边上。

这片田野和记忆中的一模一样，近处的南瓜花藤，远处高高的草木，一点变化也没有。时间总是这样任性，将事物永远地留下，而记忆中最重要的人却一点一点被浣尽匿去了。

她正准备走回屋子，身后忽然传来了一个声音："没有说出的愿望，萤火虫可以帮你实现。"

苏苏猛地转过身，游荧闪烁的田野和月色下背着自己的奶奶的身影一一从眼前晃过。那是和萤火虫的约定啊。苏苏张了张嘴，想说些什么，最终还是沉默了。

"没有说出的愿望，萤火虫可以帮你实现。"

"没有说出的愿望，萤火虫可以帮你实现。"……

无数个声音从田野里传来，一声声地映在苏苏的脑海里，摇响成一首歌。

被风带起的银白色头发，慈祥的面孔。苏苏不禁闭起眼，最后一次见面，就是这样的景象吧。

一道光芒在田野里浮现，萤火虫的光芒拼接成了一条小路，似乎指引着苏苏朝着这个方向走下去。

"没有说出的愿望，萤火虫可以帮你实现……"

"我……我想见一见奶奶。"苏苏的眼睛湿润了，说出愿望后，她

不由自主地走进了那片熟悉的田野。

像是作为回应，询问的声音消失得无影无踪，用萤光铺成的小路延伸到了田野的深处，苏苏一边回想着小时候的事情，一边走到了小时候蹲坐着数星星的田垄边上。

苏苏又一次坐下了，她抬起头，有些稚气地数起天空中的星星来。

“一、二、三、四、五、六、七……”

奶奶总能在我数完星星前找到我吧，苏苏想着，仿佛和什么赌气似的，飞快地接下数字。

可是今夜的星星太多了，怎么也数不完，苏苏数着数字，在心里泄了气。

“嗳，找到了……”

苏苏吃了一惊，颤抖着朝身边看去，看到了奶奶的身影。

“真的是萤火虫做的吗？”苏苏自言自语地说。

“是哟，真是了不起的魔法。”奶奶颤悠悠地在苏苏身边坐下了，笑眯眯地说，“已经过去这么多年了啊。”

苏苏不知道该说些什么，鼻尖又酸又涩。

“记不记得你小时候的夏天，每天夜里都要来田野里玩的事情？”奶奶继续说。

苏苏点了点头，红了眼眶。

奶奶慈爱地摸了摸苏苏的头：“记不记得我和你提起过我见到你死去的爷爷的事情？”

苏苏终于哽咽着发出了声音：“记得……”

“那时候的我已经差不多忘掉了曾经的心情了。真没想到时间可以这样轻易地洗去所有曾经无比珍视、贵重的东西。所以，萤火虫充当了信使的角色，让我又一次遇见了你的爷爷……”

苏苏听得出了神。

“傻孩子。很多东西注定是要失去的，然而也有很多东西，会在记忆中沉淀下来，成为永恒的纪念。我们所要做的，就是努力不忘却曾经的心情。”奶奶伸出手，为苏苏拂好了凌乱的刘海，说：“让我最后一次牵着你的手，送你回去吧。”

说罢，奶奶站起身，拉起苏苏，和她一起漫步在萤光荡漾的田野里，萤火虫一直守护在她们身边，光芒美丽得不可思议。

苏苏只记得紧紧握住奶奶温暖的手，迈着小小的步子，重温曾经最安定的心情。

田野就要走到尽头了，老屋子就在不远的地方，奶奶停下了脚步。

“就到这儿了吧……”奶奶无限慈爱地冲苏苏笑了笑，按按她的脑袋，一点一点隐匿在了斑斓的萤火中。

无数的流萤涌向天空，“哇啊——”苏苏终于大声地哭喊起来，像个不懂事的娃娃，第一次体验到了再次失去的感觉。

涌入夜空的萤火虫仿佛化作了点点星辰，渐渐地消失不见了。

一个东西轻轻地飘了下来，苏苏不禁伸出手去接。

那是曾经不慎遗落的，不知陪伴苏苏多少个夏夜的蒲扇。

透着一星儿绿色，散发着好闻的香气。似乎在说：仰起脸，继续走下去吧。

王君心，1994 年出生，一个真诚开朗的女生，喜欢阅读，喜欢书法，喜欢交友。从小学五年级开始写作，从 2007 年开始至今已陆续在《福州日报》《少年文艺》《少年文艺·写作版》等发表二十多篇作文、童话。（获第十四届新概念作文大赛一等奖）